नीता मेहता

केक
और
केक डेकोरेशन

SNAB
Excellence in Books

केक और

केक डेकोरेशन

नीता मेहता

केक और केक डेकोरेशन

SNAB Excellence in Books

Snab Publishers Pvt Ltd

Corporate Office
3A/3, Asaf Ali Road, New Delhi 110 002
Phone: +91 11 2325 2948, 2325 0091
Telefax: +91 11 2325 0091
E-mail: nitamehta@nitamehta.com
Website: www.nitamehta.com

Editorial and Marketing office
E-159, Greater Kailash II, New Delhi 110 048

Food Styling and Photography by Snab
Typesetting by National Information Technology Academy
3A/3, Asaf Ali Road, New Delhi 110 002

Recipe Development & Testing:
Nita Mehta Foods - R & D Centre
3A/3, Asaf Ali Road, New Delhi - 110002

ISBN 978-81-7869-352-1
First Print 2013
Cover Designed by: SNAB

Printed in India at Infinity Advertising Services (P) Ltd, New Delhi

Price: Rs. 250/-

Distributed by :
NITA MEHTA BOOKS
3A/3, Asaf Ali Road, New Delhi - 02
Distribution Centre :
D16/1, Okhla Industrial Area, Phase-I,
New Delhi - 110020
Tel.: 26813199, 26813200
E-mail: nitamehta.mehta@gmail.com

Contributing Writers :
Anurag Mehta
Tanya Mehta
Subhash Mehta
Editors :
Sangeeta
Sunita

भूमिका

बेकिंग, भोजन बनाने की कलाओं में सबसे आनन्दप्रद कला है। ताज़ा बेक किया हुआ ऑरेंज मारमलेड केक, बेरी मफिन की एक ट्रे या चौको-चिप बटरफ्लाई, आपके बच्चे के लिए प्यार से बना उसके जन्मदिन का केक घर को आनंद और खुशियों से भर देता है। आसानी से बन जाने वाली रेसिपी आपको खूब ढेर सारी प्रशंसा और प्रोत्साहन भी दिलाएंगी।

केक बनाकर, बेकिंग और केक को सजाने का आनंद उठाएं!

कप में कितना पानी आता है?

भारतीय कप :

1 कप = 200 मि.ली. द्रव

अमेरिकन कप :

1 कप = 240 मि.ली. द्रव

इस पुस्तक में दिए गए व्यंजनों की माप भारतीय टी–कप से की गई है, जिसमें 200 मि.ली. पानी आता है।

विषय सूची

ऑल टाइम फैवरेट...............38

सेलिब्रेशन केक.....................52

बेसिक केक और आइसिंग......87

सामग्री के बारे में जानकारी

Amaretto, liqueur
बादाम के फ्लेवर वाला लिकर

Baking Powder
घोल को फुलाने वाला पाउडर जिसमें 2 भाग क्रीम ऑफ टार्टर और 1 भाग सोडा-बाई-कार्बोनेट होता है। यह गर्मी और नमी के संपर्क में आकर कार्बनडाइऑक्साइड गैस बनाता है, जो कि बेक होने वाले पदार्थ के प्रोटीन स्ट्रक्टर में बंद हो जाती है।

Baking Soda
सोडियम बायकार्बोनेट, बायकार्बोनेट ऑफ सोडा देखें।

Bicarbonate of Soda
इसे कुछ देशों में 'बेकिंग सोडा' के नाम से भी जाना जाता है। इसे आमतौर पर केक, पेस्ट्री और ब्रेड को फुलाने के काम में लाया जाता है।

Brown Sugar
यह मोटे क्रिस्टल (दाने) की शक्कर होती है और कच्ची शक्कर का प्राकृतिक रंग नहीं निकालने पर वह अपना हल्का भूरा रंग अपनाए रहती है। इसे 'डैमेरारा शुगर' के नाम से भी जाना जाता है।

Castor Sugar
बहुत बारीक कणों वाली आम शक्कर। आप बड़े कणों वाली शक्कर को घर पर पीस कर कैस्टर शुगर की तरह इस्तेमाल कर सकते हैं। मक्खन के साथ फेंटने पर यह फौरन पिघल जाती है।

Cream of Tartar
इसका रसायनिक (केमिकल) नाम पोटैशियम एसिड टारट्रेट है। यह बारीक सफेद पाउडर है जो उन डिब्बों के तल में इकट्ठा हो जाता है जिनमें अंगूरों को रख कर फरमेन्ट किया जाता है। यह साफ करके इसी रूप में या फिर बेकिंग पाउडर में मिलाकर इस्तेमाल होता है। बेकिंग पाउडर को विकल्प की तरह इस्तेमाल कर सकते हैं।

Cointreau liqueur
नींबू के फ्लेवर वाला लिकर

Corn Syrup
हल्का या गाढ़ा भी मिलता है इसकी जगह लिक्विड ग्लूकोज़ का इस्तेमाल किया जा सकता है।

Cream
घर में बने फैट से प्राप्त सिंगल क्रीम में 18% फैट, हैवी (Heavy) क्रीम में 38% फैट और डबल क्रीम में 48% फैट होता है।

Cream de Cocao liqueur
चॉकलेट के फ्लेवर वाला लिकर

Demerara Sugar
यह कच्ची क्रिस्टल शुगर होती है और कच्ची शक्कर का प्राकृतिक रंग नहीं निकालने पर वह अपना हल्का भूरा रंग अपनाएं रहती है। इसे ब्राउन शुगर भी कहते हैं।

Double Cream
गाढ़ी क्रीम जि़समें 48% के लगभग फैट होता है। इसे केक को सजाने में या मीठा बनाने में प्रयोग किया जाता है।

Eggs
बड़े अंडों का प्रयोग इस पुस्तक में बनी रेसिपी में किया गया है। सही आकार का इस्तेमाल महत्वपूर्ण है नहीं तो मिश्रण या तो बहुत सूखा या बहुत गीला हो सकता है। अंडे जब ठंडे हों तो उनको अलग करना आसान होता है और कमरे के तापमान पर आने पर ही उनका इस्तेमाल उचित है क्योंकि बहुत ठंडे अंडों से मिश्रण फट सकता है। अंडों की सफेदी को कमरे के तापमान पर, सूखी और चिकनाई रहित बाउल में फेटें जिससे वह अपनी अधिकतम सीमा तक फेंटें जा सकें।

Flour
आटे और मैदे का प्रयोग अधिकतर रैसिपी में किया जाता है। मैदे को एक या दो बार छानें

Food Colouring
तरल, पाउडर या पेस्ट के रूप में उपलब्ध होता है।

Grand Marnier, Liqueur
कोनियेक से बना, संतरे के फ्लेवर वाला लिकर

Golden Syrup
चीनी बनाते समय यह बाई-प्रोडक्ट के रूप में उपलब्ध होता है, इसके विकल्प के रूप में प्योर मेपल सिरप या शहद का इस्तेमाल करें।

Icing Sugar
कन्फेक्शनर शुगर के नाम से भी जानी जाती है। बहुत बारीक चीनी जिसमें 3% कॉर्नफ्लॉर भी मिला होता है। इसे केक और पेस्ट्री पर आइसिंग के लिए इस्तेमाल किया जाता है। आइसिंग शुगर को केक और बिस्किट पर बुरकने से बढ़िया लुक आता है।

Kahlua Liqueur
कॉफी के फ्लेवर वाला लिकर

Kirsch Liqueur
चेरी के फ्लेवर वाला लिकर

Praline
चीनी को कैरेमल करके उसमें बादाम डाला जाता है और उसे सेट किया जाता है। इसके बाद इसे दरदरा कूटा जाता है, इसे प्रलाइन कहते हैं। बटर क्रीम और केक की फिलिंग या सजावट को और बढ़िया लुक प्रदान करने के लिए उपयुक्त।

Self Raising Flour
इसमें मैदे को फुलाने वाले एजेन्ट पहले से होते हैं इसलिए बेकिंग पाउडर का इस्तेमाल तभी करें जब दिया गया हो। 1 कप मैदे में 1 छोटा च. बेकिंग पाउडर मिलाकर Self raising flour बनाया जाता है।

Heavy / Whipping Cream
डबल क्रीम का हल्का रूप जिसमें कम से कम 35% फैट होता है और इसे आसानी से फेंट सकते हैं। इसे आप सॉस और ग्रेवी में इस्तेमाल कर सकते है और फेंट कर गाढ़ा करके मीठे पर भी सजा सकते हैं। केक की आइसिंग के लिए भी उपयोगी है।

टिन और पैन

गोल, अलग बेस वाले टिन/स्प्रिंगफॉर्म टिन

इन्हें तब इस्तेमाल में लाया जाता है जब केक को बिना पलटे सीधा टिन से बाहर निकालना हो। इस तरह के टिन के साथ जो आम समस्या पेश आती है वो है कि बेक करते समय कभी-कभी नीचे से घोल के बहने का डर रहता है। इसलिए मैं टिन को नीचे से फॉयल से अच्छी तरह ढक कर इस्तेमाल करना पसन्द करती हूँ। अलग तल वाले टिन में से केक निकालने के लिए, टिन को केक समेत एक लंबे डिब्बे पर पर रखें। फिर बेकिंग टिन को किनारे से नीचे की ओर धकेलें, जिससे केक तल के साथ डिब्बे पर आ जाएगा और टिन के साइड नीचे गिर जाएंगें, जैसा कि चित्र में दिखाया गया है।

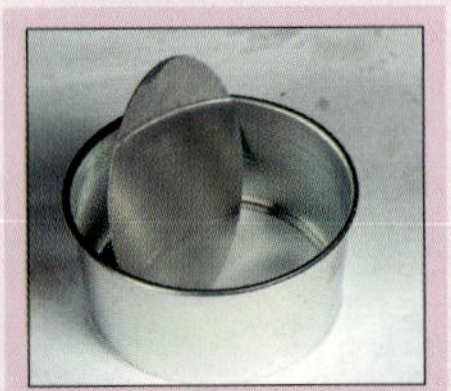

गोल और चौकोर टिन

सामान्य गोल टिन का प्रयोग आमतौर पर किया जाता है। यह कई साइज़ में मिलते हैं - 11" (बड़ा), 9" (मध्यम) और 5" (छोटा)। 8" चौकोर टिन को 9" के गोल टिन के स्थान पर इस्तेमाल किया जा सकता है।

रिंग मोल्ड/टिन

इसके बीच में एक रिंग होता है इसलिए इसको पेपर से लाइन करना मुश्किल होता है, इसलिए इसे हर तरफ बहुत अच्छी तरह चिकना करना चाहिए, साथ ही रिंग वाले स्थान को भी चिकना करें। कॉफी सिरप केक बनाने में इसका प्रयोग किया जाता है।

स्विस रोल टिन

यह आयताकार टिन होता है और बहुत ऊँचा नहीं होता। इसे स्विस रोल बनाने के काम में लाया जाता है। 11" x 9" जिसकी ऊँचाई 1½", 2 अंडों के केक की रेसिपी के लिए उपयुक्त है। इसे हमेशा बटर पेपर से लाइन करें, जिसे बाहर की ओर निकाल कर रखें, जिससे केक को उठाने में आसानी हो। पेपर को अच्छी तरह चिकना करें जिससे स्विस रोल का कोई भाग चिपके या टूटे नहीं। एप्रीकॉट ऑरेन्ज रोल, चॉकलेट लॉग केक, एल्फाबेट केक।

लोफ टिन

4½" x 8½" का टिन अधिकतर टी-टाइम केक बनाने में प्रयोग किया जाता है। हमने पाइनएपल ऑलमंड टी लोफ के लिए इस्तेमाल किया है।

मफिन ट्रे/मफिन पैन

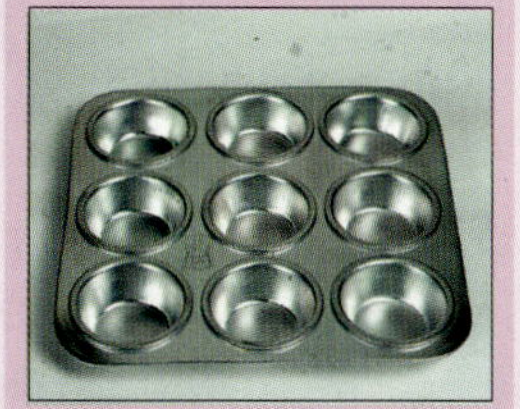

मफिन और छोटे मिनी केक इस गहरी कप वाली ट्रे में बनाए जाते हैं। आमतौर पर 9 या 12 कप होते हैं, जिसमें आप घोल डाल सकते हैं। कप में पेपर कप लगाए जाते हैं। हालांकि, मफिन ट्रे में पेपर कप लगाना बहुत ज़रूरी नहीं है। इतना और याद रखें कि ट्रे में खाली कप को पानी से भर दें जिससे बेकिंग ठीक से हो। चॉक-चिप बटरफ्लाई केक में इस्तेमाल किया गया है।

छोटे मफिन टिन/कप

छोटे केक टिन जिन्हें वायर रैक पर रखा जाता है। यह मफिन ट्रे / मफिन पैन से थोड़ा अधिक गहरे होते हैं, इसलिए इनमें बनने वाले केक/मफिन थोड़े बड़े आकार के बनते हैं।

ग्रीसिंग और लाइनिंग टिन

ग्रीसिंग

टिन को किसी भी सामान्य खाना बनाने वाले तेल (गंध रहित व स्वाद रहित) से चिकना करें। इसके लिए पेस्ट्री ब्रश का इस्तेमाल किया जाता है, अगर नहीं हो तो हाथ से भी किया जा सकता है। टिन को, ग्रीसिंग के बाद 1-2 मिनट के लिए छोड़ दें। अगर एक्स्ट्रा तेल टिन के तल में इकट्ठा होने लगे तो उसे निकाल दें।

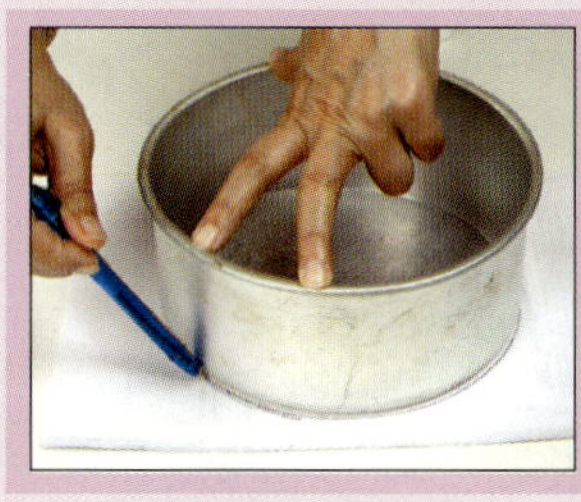

लाइनिंग टिन

टिन के तल को लाइन करने के लिए, टिन को पेपर पर रखें, टिन के बाहरी ओर से पेन्सिल से गोलाकार खींचे। टिन को पेपर से हटाएं और खींची हुई रेखा पर कैंची से कांटे। इस गोलाकार कागज़ के टुकड़े को टिन के तल में रखें। साइड और पेपर को ब्रश की सहायता से या हाथ से अच्छी तरह चिकना करें।

बेकिंग में सहायक

रसोई में वज़न मापने वाला यंत्र (वेहिंग बैलेंस)

यह यंत्र रसोई में प्रयोग की जाने वाली खाद्य सामग्री को मापने में काम आता है। किचन बैलेंस से लगभग 2 से 5 किलो तक वज़न माप सकते है, सामान्यतः 2 किलो के बैलेंस में संकेत हर 10 ग्राम के लिए और 5 किलो के बैलेंस में 25 ग्राम के संकेत दिए जाते हैं। संकेत हर मशीन में अलग-अलग भी हो सकते हैं। इस्तेमाल से पहले बैलेंस को आँख के लेवल पर रखें और लीवर को '0' लेवल पर। यह अधिकतर क्रॉकरी या बर्तनों के स्टोर में आसानी से मिल जाता है।

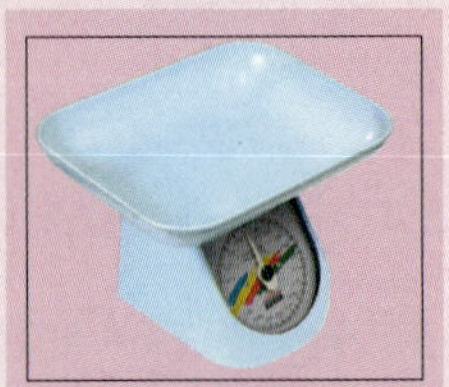

इलेक्ट्रिक बीटर

यह हाथ वाली मशीन, फैंटने या मिलाने के काम में आती है, उदाहरण के लिए मक्खन और चीनी, अंडा और चीनी या रेसिपी के अनुसार कोई भी अन्य पदार्थ के लिए उपयोगी है। यह केक को हल्का और फूला हुआ बनाती है और इसके विकल्प के रूप में हैंड ब्लेन्डर या मिक्सर या फूड प्रोसेसर का इस्तेमाल बिल्कुल नहीं करना चाहिए। आवश्यकतानुसार बीटर में स्पीड को कम से लेकर बहुत तेज़ किया जा सकता है।

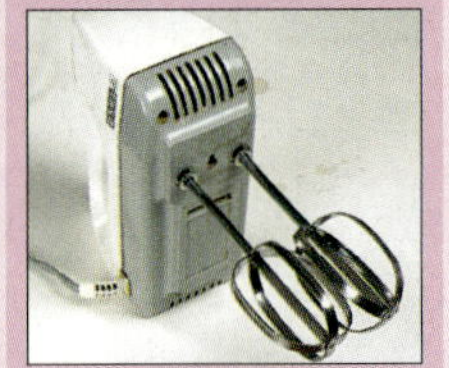

वुडन स्पून

यह घोल को हल्के से मिलाने के काम में लाया जाता है। धातु का चौड़ा चम्मच भी इस्तेमाल किया जा सकता है। स्पून की सहायता से मैदा ऊपर की ओर, फिर नीचे की ओर मिलाया जाता है (fold)। चम्मच से मिश्रण को घुमाते हुए फेंटे नहीं (Do not beat)

रबर स्पैचुला

यह रबर के छोर वाले चपटे चम्मच होते हैं। यह इतने लचीले होते हैं कि दूसरे बाउल से टिन में घोल डालते समय इनकी सहायता से सारा-का-सारा घोल अच्छे से निकालकर डाला जा सकता है।

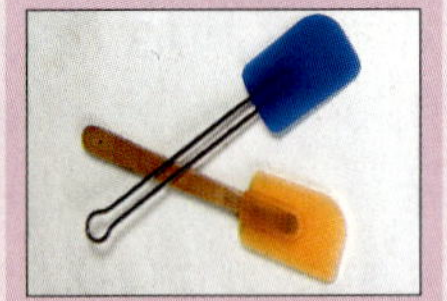

पैलेट नाइफ

यह एक लंबा चाकू होता है, लचीला या सख्त परंतु इसमें धार नहीं होती। यह छोर पर गोल या चौकोर होता है। यह बिल्कुल चपटा होता है और इसे क्रीम या आइसिंग को केक पर सफाई से फैलाने के काम में लाया जाता है। चाकू के ब्लेड को बर्फीले ठंडे पानी में डुबो कर क्रीम आइसिंग को केक पर फैलाया जाता है। बहुत ठंडे मौसम में, ब्लेड को गर्म पानी में डुबो कर बटर आइसिंग को फैलाया जाता है जिससे वह जल्दी से सेट न हो सके और ठीक से फैलाये जाये।

वायर रैक

यह अॅवन में केक टिन रखने और बेक होने के बाद केक को ठंडा करने के काम आता है। केक को प्लेट पर ठंडा नहीं करना चाहिए, क्योंकि इससे गर्म केक चिपचिपा हो जाता है। रैक पर नीचे से हवा लगने के कारण, ऐसा नहीं होता है।

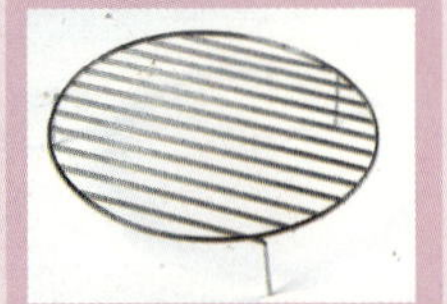

नाप तौल...

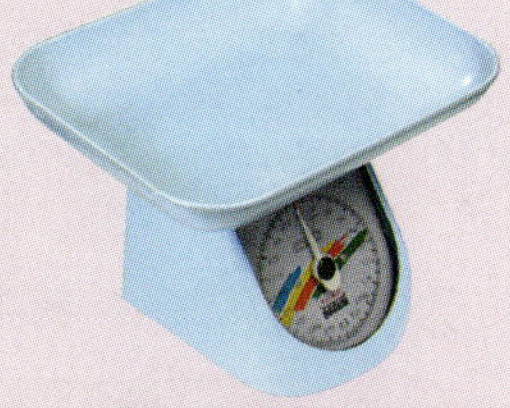

किचन वेहिंग स्केल

मेज़रिंग कप और स्पून

हम यह सलाह देगें कि आप खाद्य सामग्री को मापने के लिए हमेशाा मापने वाले यंत्र का ही प्रयोग करें। रेसिपी में इस्तेमाल कप में माप 200 मि.ली. द्रव की क्षमता वाला नापने वाला कप होता है। बड़े कप में 240 मि.ली. द्रव रखने की क्षमता होती हैं। कप अलग-अलग माप के हो सकते हैं इसलिए सही माप के लिए भार मापी यन्त्र (व्हेइंग स्केल) का ही प्रयोग करें। यदि केक में प्रयोग की जाने वाली सामग्री सही नहीं है तो आप केक के घोल को कितना ही फेंट लें, फिर भी केक सही नहीं बनेगा। इसलिए अपना पैसा व्हेइंग स्केल में लगाएं। फिर भी आपकी मदद के लिए कुछ परिवर्तन (कन्वर्जन) दिए जा रहे है:-

1 कप मैदा = 100 ग्राम
1 कप पिसी चीनी = 120 ग्राम
1 कप दानेदार चीनी = 200 ग्राम
1 कप ब्राउन शुगर = 150 ग्राम
1 कप नरम मक्खन = 150 ग्राम
1 कप तेल = 150 ग्राम
1 कप क्रीम = 200 ग्राम
1 कप जूस/चीनी की चाश्नी = 200 मि.ली.
1 बड़ा चम्मच = 15 मि.ली./ग्राम
1 छोटा चम्मच = 5 मि.ली./ग्राम

केक की जाँच कैसे करें

केक बनाते समय ऑवन का तापमान और पकाने का समय उचित संकेत देते हैं । आप दिए गये कुछ मौलिक नियमों के आधार पर तैयार केक की जाँच करें–

- अगर आपके द्वारा बने केक अच्छी तरह फूल जाए और रंग बढ़िया आ जाए, तब धीरे से अंगुली से दबाकर देखें। स्पंजी होना चाहिए।
- टूथपिक या केक टेस्टर केक के सबसे ऊँचे भाग के अन्दर डालने पर बाहर साफ निकल आए, तो केक तैयार है।
- फ्रूट केक के केस में जब उसे कान के पास ले जाने पर सरसराहट की आवाज नहीं आनी चाहिए। सरसराहट की लगातार आवाज का मतलब फ्रूट केक को अभी और पकाना है।

उपयोगी सुझाव

- उत्तम नतीजों के लिये सामग्री कमरे के तापमान पर रहनी चाहिये।
- इस्तेमाल करने से पहले सभी सामग्री की एक्सपायरी डेट चेक करें, विशेष तौर पर एसेन्स, बेकिंग पाउडर और सोडा-बाइ-कार्ब ।
- सूखी सामग्री को अच्छी तरह छानें जिससे मिश्रण अच्छा फूला हुआ बन सके।
- उपयुक्त आकार का केक टिन इस्तेमाल करें।
- तैयार केक मिश्रण को सीधे प्री-ही ऑवन में डालना चाहिये।
- केक हमेशा ऑवन के बीच में रखकर बेक करें।
- जब रेसिपी में फेंटने के लिये कहा गया हो तो, मिश्रण के फूलने और हल्का होने तक एक इलेक्ट्रिक हैंड मिक्सर का इस्तेमाल करें। अगर रेसिपी में दिया गया हो कि ''चम्मच का इस्तेमाल करते हुये मिलायें'' तो सारी सामग्री को हल्के हाथों से अच्छी तरह मिलने तक मिलायें। ज़्यादा नहीं मिलायें या ज़्यादा नहीं फेंटें।
- मैदा डालने के बाद घोल को न फेंटें वरना तैयार केक भारी हो जायेगा। मैदे को मिलाने के लिये चम्मच का इस्तेमाल करें।
- मक्खन और चीनी को एक साथ फेंटना महत्त्वपूर्ण है। इसे क्रीमिंग कहते है। मिश्रण को इतना फेंटना चाहिये जिससे कि वह फेंटी हुई क्रीम की तरह लगने लगे और फूला हुआ और हल्का हो जाये।
- कभी-कभी केक में प्रयोग की गई सामग्री की सही मात्रा लेने के बाद भी तैयार घोल गाढ़ा लगता है। ऐसा मैदा की क्वालिटी के कारण होता है। ऐसी स्थिति में घोल को 2-4 बड़े च. दूध डालकर पतला करें।
- आप फैट में एसेन्स डालें क्योंकि फैट जल्दी महक सोखता है।
- केक टिन को आधे से दो-तिहाई तक भरें, इतनी जगह छोड़ें कि केक फूल सके।
- किचन प्लेटफार्म पर केक टिन को हल्के से ठोकें, जिससे हवा के बुलबुले निकल जायें।
- बेकिंग से पहले ऑवन को आवश्यकतानुसार तापमान पर प्री-हीट करें।
- ऑवन के बीच में टिन रखें, जिससे कि गर्म हवा चारों तरफ घूम सके।
- फलों और मेवा को डूबने से बचाने के लिये, केक मिश्रण में डालने से इन्हें पहले थोड़े से मैदे के साथ मिलायें।
- ऑवन से केक निकालने के बाद और टिन से बाहर निकालने से पहले, 10-15 मिनट तक इंतजार करें। हमेशा केक को वायर रैक ही पर निकालें।
- इस किताब के किसी भी सामग्री को बेक करने के लिये माइक्रोवेव ऑवन को माइक्रोवेव मोड में नहीं इस्तेमाल कर सकते। माइक्रोवेव ऑवन का सिर्फ कनवेक्शन मोड ही बेक करने के लिये इस्तेमाल किया जा सकता है। विस्तारपूर्ण जानकारी के लिये पृष्ठ 18 देखें।

केक बनाने में आने वाली परेशानियां...

केक में कमियां...	कारण - एक या ज़्यादा
भारी केक	बहुत कम बेकिंग पाउडर। बहुत ज़्यादा मैदा। मिश्रण (मक्खन और चीनी) ज़्यादा फेंटा न गया हो। मैदा बहुत तेजी से मिलाया गया हो। ऑवन बहुत धीमे हो (केक पकने में बहुत समय लेता है)।
सूखा केक	बहुत ज़्यादा बेकिंग पाउडर या मैदा फैट या तेल कम हो ऑवन में ज़्यादा देर तक रखा गया हो।
धँसा हुआ केक	बहुत ज़्यादा तरल। बहुत ज़्यादा बेकिंग पाउडर या चीनी का इस्तेमाल। बहुत कम मैदा। ऑवन का दरवाजा जोर से पटक कर बंद किया गया हो या बेकिंग के दौरान केक हिलाया गया हो। ऑवन से बहुत जल्दी निकाल लिया गया हो।
बीच से उठा हुआ केक	कम मक्खन/तेल या बेकिंग पाउडर/सोडा। बहुत ज़्यादा मैदा। ऑवन का बहुत ज़्यादा तापमान।
ऊपर बहुत ज़्यादा दरारों वाला	बहुत ज़्यादा गर्म ऑवन। बहुत छोटा केक टिन। बहुत ज़्यादा मैदा। तरलता की कमी।
फल नीचे डूबे हुए	फलों को अच्छी तरह सुखा कर मैदे में नहीं लपेटा गया हो। केक मिश्रण बहुत पतला हो। मैदा डालने से पहले ही फल डाला गया हो।

क्रीम के इस्तेमाल के तरीके

फैट की मात्रा के अनुसार क्रीम अलग-अलग प्रकार की होती हैं इसलिए इनके इस्तेमाल के तरीके भी अलग-अलग होते हैं। हमने तीन प्रकार की क्रीमों को लिया है जो सरलता से मिल जाती है, और यहाँ हम आपको बताते हैं कि उत्तम नतीजे पाने के लिए प्रत्येक का इस्तेमाल कैसे किया जाए। टेट्रा पैक वाली क्रीम ज़्यादा देर तक टिकती है, इसलिए इस क्रीम से आइसिंग किए गए केक एक हफ्ते तक या कभी-कभी इसे ज़्यादा भी ठीक रहते हैं, जबकि ताज़ी डेरी क्रीम से आइसिंग किए गए केक को एक दिन के अन्दर ही खा लेना चाहिए। जब आप केक के लिए क्रीम फेंट रहे होते हैं, तब मुख्यतः क्रीम के तीन अलग-अलग स्तर के गाढ़ेपन की जरुरत होती है-

1. **केक के अंदर लगाने के लिये** - गाढ़ा, गिरने लायक तैयार होने तक क्रीम को अच्छी तरह फेंटें।
2. **केक की टॉपिंग** - क्रीम को और फेंटे जिससे सख्त हो जाये और हल्के उभार बन जायें। बीटर ब्लेड को उठा का आइसिंग चेक करें। अगर हल्के उभार से बनने लगे तो केक को टॉप करने के लिये आइसिंग तैयार है। जब स्पैचुला से बाउल में से उठायेगें तो उभार खड़ा हो जायेगा पर ऊपरी छोर से धीरे-धीरे नीचे गिरेगा।
3. **पाइपिंग** - आगे और फेटें जब तक सख्त उभार से बन जायें। जब आप बीटर ब्लेड को हल्के से उठायेगें तो आइसिंग गिरेगी नहीं बल्कि नुकीलें उभार से बनेगें।

फ्रोज़न व्हीपिंग क्रीम

'रिच' की क्रीम एक फ्रोज़न व्हीपिंग क्रीम है। आइसिंग के लिये यह सबसे अच्छी क्रीम है। यह सोया क्रीम होती है, इसमे डेरी क्रीम से कम कैलोरी होती है। फ्रीज़र में यह 1 साल तक रखी जा सकती है। इसमें चीनी होती है, और थोड़ा फ्लेवर भी डाला जाता है। बहुत आसानी से फेंटी जा सकती है और फेंटने के बाद बहुत ज़्यादा हो जाती है। इस्तेमाल करने के लिये, बाउल में कार्टन से जितना चाहिये उतना निकाल लें और कार्टन में बची हुई क्रीम को तुरंत वापस फ्रीज़र में रख दें। फेंटने से पहले बाउल में निकाली क्रीम को बाहर रखकर पिघल जाने दें। इसमें कोई आईस क्रिस्टल न रहे। अगर क्रीम गर्म हो गई हो तो वापिस फ्रिज़ में रखकर ठंडा कर लें। एलेक्ट्रिक बीटर से मनचाहा गाढ़ापन आने तक फेटें।

1½ कप 'रिच' की क्रीम (बहुत ठंडी होनी चाहिए पर बिना आईस क्रिस्टल के) 2 बड़े च. पिसी हुई चीनी

क्रीम और चीनी को गाढ़ा होने तक एक साथ फेंटें। मनचाही फ्लेवर वाली सामग्री डालें और फिर से गाढ़ा होने तक फेटें।

टेट्रा पैक क्रीम

अमूल और विजया क्रीम इसी श्रेणी में आती है। ये स्टेबलाइज डेरी क्रीम है। फेंटते समय क्रीम का मक्खन में बदलने का डर नहीं है। चूँकि ये फेंटने वाली क्रीम नहीं है, इसलिए उभार आने वाली अवस्था तक फेटना मुश्किल होता है। आइसिंग के लिये, टेट्रापैक को 2 घंटे फ्रिज में रखें जिससे पानी और क्रीम अलग हो जाए। पैक को बिना हिलाए ऊपर से पूरा काटें और धीरे से पानी निकालें। गाढ़ी क्रीम को फेंटने वाले बाउल में डालें और 1 घंटा फ्रीजर में रखें।

2 कप अमूल या विजया क्रीम (बिना पैकेट को हिलाये ठंडी करें, सिर्फ गाढ़ा भाग लें, पानी वाला भाग निकालें) ½ कप पिसी चीनी

गाढ़ा होने तक गाढ़ी टेट्रा पैक क्रीम को मध्यम गति से फेंटें। जैसे ही वह गाढ़ी हो जाये, फिर चीनी डालें और लगातार फेंटते रहे जब तक मनचाहा गाढ़ापन आ जाये।

फ्रेश डेरी क्रीम

ताज़ी डेरी क्रीम जहाँ तक हो सके इस्तेमाल नहीं करें। ध्यान से इस्तेमाल नहीं करने पर मक्खन में बदल जाती है या फट जाती है। क्रीम को फेटने वाले बाउल में पलट दें और 1 घंटे के लिये फ्रीज़र में रखें।

2 कप फ्रैश डेरी क्रीम
½ कप आइसिंग शुगर

एक परात लें उसे बर्फ से भरें और बर्फ के ऊपर क्रीम का बाउल रख दें। चारों ओर बर्फ रहे। आइसिंग शुगर, एसेन्स और रंग डालें। क्रीम को मध्यम गति में गाढ़ा होने तक फेंटना शुरू करें। अब गति कम करें और गाढ़ा होने और हल्के उभार से बनने लगें, तब तक फेंटे। पाइपिंग के लिये, बीटर अलग रख दें और चम्मच से हल्के से सख्त उभार आने तक फेटें।

आइसिंग के लिए फ्लेवर

2 कप क्रीम को गाढ़ी और गिरने वाली बनने तक फेंटें।

चॉकलेट

4 बड़े च. कटी हुई कुकिंग चॉकलेट, डबल बॉयलर पर पिघलायें और ठंडी करें, जैसे पृष्ठ 19 में दिया गया है। 2 बड़े च. कोको पाउडर - छानें, 4 बड़े च. कैस्टर शुगर

कॉफी

4 बड़े च. कैस्टर शुगर, 2 छोटे च. कॉफी पाउडर को 1 बड़े च. गर्म पानी मे मिलायें।

स्ट्राबेरी, मैंगो, ऑरेंज, पाइनएपल

½ कप कोई क्रश, रंग डालें, अगर जरूरत हो तो कैस्टर शुगर स्वादानुसार

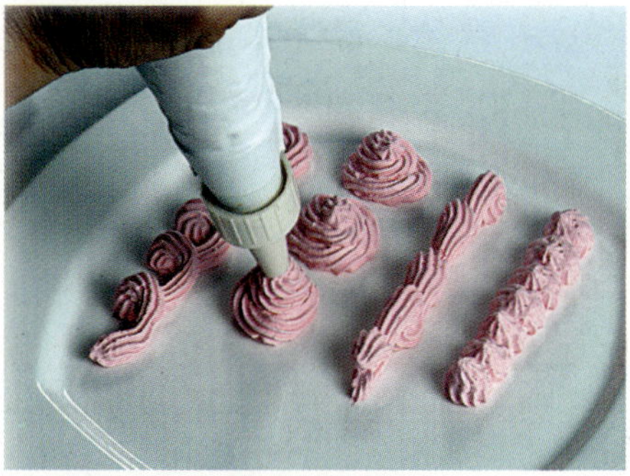

मोका

2 बड़े च. कोको पाउडर - छानें

1 छोटा च. कॉफी पाउडर, 4 बड़े च. कैस्टर शुगर

बटर स्कॉच

2 छोटे च. बटरस्कॉच एसेन्स

रंगीन

मनचाहा फूड कलर, बहुत थोड़े से शुरूआत करें, अगर जरूरत हो तो बढ़ायें।

ऑवन का तापमान

बेकिंग से पहले हमेशा ऑवन को आवश्यकतानुसार तापमान पर पहले से गर्म करें।

	°C	°F	गैस मार्क
बहुत ठंडा	110	225	¼
ठंडा	120	250	½
मध्यम	160-180	325-350	3-4
मध्यम गर्म	190-200	375-400	5-6
गर्म	220-230	425-450	7-8
बहुत गर्म	240	475	9

माइक्रोवेव में बेकिंग

इस पुस्तक में दी गई किसी भी केक को बेक करने के लिए माइक्रोवेव ऑवन में माइक्रोवेव मोड का इस्तेमाल नहीं किया जाता। बेकिंग के लिए माइक्रोवेव में सिर्फ कन्वेक्शन मोड का ही इस्तेमाल किया जाता है। इसलिए अगर आपके माइक्रोवेव में कन्वेक्शन मोड है तब ही आप दिये हुए केक को बेक कर सकते हैं। जब माइक्रोवेव कन्वेक्शन मोड पर होता है तो माइक्रोवेव में तरंगे नहीं चलती हैं। इसलिए, वो सारे बर्तन और एल्यूमीनियम (Aluminium) के टिन जो सामान्य OTG में इस्तेमाल होते हैं, उन्हें माइक्रोवेव में भी सुरक्षापूर्वक इस्तेमाल किया जा सकता है। धातु के केक टिन, ढकने के लिए एल्यूमीनियम फॉयल या हीटप्रूफ काँच के बर्तन कन्वेक्शन मोड पर माइक्रोवेव ऑवन में बखूबी रखे जा सकते हैं। माइक्रोवेव को बेकिंग के लिए इस्तेमाल करने के लिए, कन्वेक्शन मोड पर आवश्यकतानुसार तापमान सेट करें। 'स्टार्ट' बटन दबाएं जिससे माइक्रोवेव ऑवन प्री-हीट हो जाए। जब ऑवन आवश्यकता के अनुसार तापमान पर पहुँच जाएगा, 'बीप' की आवाज देगा। 'स्टॉप' बटन नहीं दबाएं। बस दरवाज़ा खोलें, वायर रैक पर केक रखें और दरवाज़ा बंद कर दें। केक को बेक करने के लिए टाइम सेट करें। तापमान को सेट नहीं करें। 'स्टार्ट' बटन दबाएं। उपयुक्त समय और तापमान पर केक बेक होना शुरू हो जाएगा।

अलमारी में कई दिनों से रखा बेकिंग पाउडर...

बेकिंग पाउडर और बेकिंग सोडे (मीठा सोडे) को हर 5-6 महीने बाद बदलते रहें। बेकिंग पाउडर खरीदते समय उसके बनने की तिथि जाँच लें। बेकिंग पाउडर एक साल तक ही ठीक रहता है। वह असरदार है या नहीं यह जांचने के लिए 1 छोटा च. पाउडर एक कप गर्म पानी में डालें। अगर बुलबुले आते हैं तो इस्तेमाल करने योग्य है, अगर बुलबुले नहीं आएं तो फेंक दें।

चॉकलेट को पिघलाना....

कुकिंग चॉकलेट कुछ रेसिपी में इस्तेमाल की गई है। नमी और तेज आँच चॉकलेट की दुश्मन है। चॉकलेट पिघलाने के लिये, एक उचित डबल बायलर बनाये, जिससे भाप साइड से निकलकर चॉकलेट तक न पहुँचे, क्योंकि भाप चॉकलेट को नमी दे सकती है।

कटी हुई चॉकलेट को एक स्टील या हीटप्रूफ बाउल में डालें। बाउल से थोड़ा छोटा -सा पतीला लें, जिससे बाउल उस पर ठीक से बैठ सके। उसमें केवल 1" तक पानी भरें, बाउल पानी को न छुए और पानी से कुछ ऊपर रहे। बहुत धीमी आँच पर रखें और चॉकलेट के मुलायम होने तक इंतजार करें। बाउल पानी पर से हटा लें और रबर के स्पैचुला से हल्के से चलाएं, जब तक चॉकलेट पूरी पिघल जाए। आप चाहें तो माइक्रोवेव में भी आप चॉकलेट पिघला सकते हैं। 100 ग्राम चॉकलेट को 30-40 सैकिण्ड के लिए सिर्फ नरम होने तक माइक्रोवेव करें। पिघलाने के लिये स्पैचुला से चलायें। ज़्यादा देर तक माइक्रोवेव नहीं करें।

पेपर कोन बनाएं

चॉकलेट की सजावट के लिए कुछ आसान से सुझाव

1. 8" चौकोर बटर पेपर काटें जो कि एल्यूमीनियम फॉयल और क्लिंग रैप जैसे रोल में अक्सर मिल जाता है। पेपर के चौकोर टुकड़े को मोड़ें, जिससे एक तिकोना बन जाये। मोड़ को काटें जिससे 2 तिकोने मिलें।
2. तिकोने का लम्बा किनारा ऊपर रखें। किनारे के बीच के भाग पर निशान लगाएं। पेपर के तिकोनाकार को अपने बाएं हाथ पर ऐसे रखें कि अंगूठा और उंगलियाँ निशान वाली बीच की जगह पर हो। दूसरे हाथ से दूसरे छोर का सिर पकड़े हुए, आपकी उंगली से निशान लगे बीच की जगह से पेपर को एक बार मोड़ें।
3. कोन उठाएं और तिकोनाकार के सारे सिरों को पीछे लाते हुए पेपर का दूर का कोना एक बार उसके चारों ओर लपेटें। कोन का आकार (ढीला या टाइट) एडजस्ट करें। कोन आधा पिघली हुई चाकलेट से आधा भरें। खुले हुए सिरों को मोड़ कर कोन को बंद करें। चॉकलेट गिराने के लिए एक छोटा सा छेद काटें और हल्के से दबाएं।

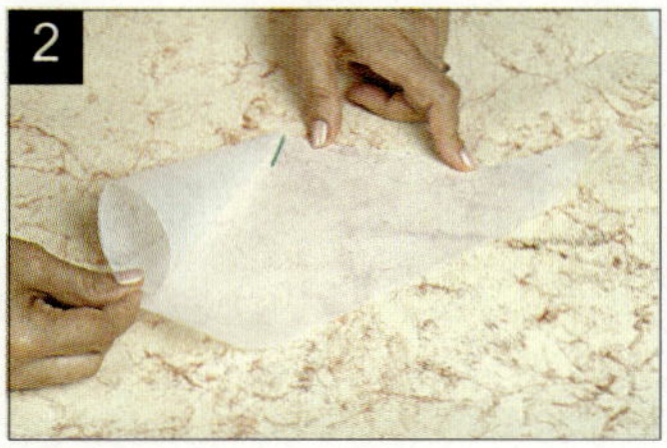

स्पेशल टी-टाइम केक

मड केक

व्यक्तिः 12

200 ग्राम डार्क कुकिंग चॉकलेट - बारीक काटें
3 अंडे, 100 ग्राम पिसी चीनी, 50 ग्राम ब्राउन शुगर
200 ग्राम बिना नमक का सफेद मक्खन
20 मिली (1½ बड़ा च.) ऑरेंज जूस या ब्रान्डी, 2 छोटे च. वनिला एसेन्स
150 ग्राम मैदा, 1½ छोटा च. बेकिंग पाउडर, 3 बड़े च. कोको, 1 कप गर्म पानी

क्रीम आइसिंग

1 कप (200 ग्राम) क्रीम, (Rich cream or heavy dairy cream)
1 छोटा च. वनिला एसेन्स, 2 बड़े च. पिसी हुई चीनी, या स्वादानुसार

चॉकलेट आइसिंग

100 ग्राम कुकिंग चॉकलेट - बारीक काटें
25 ग्राम (1½ बड़ा च.) मक्खन
2-3 बड़े च. आइसिंग शुगर - छनी हुई, थोड़े वेफर स्टिक और एक स्ट्राबेरी

1. 8-9" गोल (मध्यम) केक टिन में तेल लगायें।
2. अंडे, पिसी हुई चीनी और ब्राउन शुगर को अच्छी तरह फेंटें। अलग रखें।
3. धीमी आँच पर सॉस पैन में मक्खन पिघलायें। कटी हुई चॉकलेट डालें। मिश्रण को एक जैसा होने तक अच्छी तरह मिलाएं। आँच से उतार दें।
4. ऑरेंज जूस और एसेन्स डालें। ठंडा करने के लिये अलग रखें।
5. अंडे के मिश्रण में ठंडी की हुई चॉकलेट डालें।
6. मैदा, बेकिंग पाउडर और कोको छानें। चॉकलेट मिश्रण में डालें। मिल जाने तक फेटें।
7. गर्म पानी डालें और ध्यान से मिलायें।
8. तैयार किये हुये मिश्रण को टिन में डालें और 150°C प्री-हीट अॅवन में 60 मिनट तक बेक करें। 15 मिनट तक टिन में केक को ठंडा होने दें, फिर वायर रैक पर बाहर निकालें।
9. क्रीम को एसेन्स और चीनी के साथ उभार आने तक अच्छी फेंटे। अलग रखें।
10. चॉकलेट आइसिंग के लिये धीमी आँच पर मक्खन पिघलायें। कटी हुई चॉकलेट डालें। पिघलने तक चलायें। आँच से उतार दें। कमरे के तापमान पर ठंडा करें। आइसिंग शुगर डाल कर चलायें। गाढ़ा होने तक वुडन स्पून से फेंटे। केक ठंडा होने पर उसके ऊपर डालें, ऊपर लाइन डालने के लिये थोड़ा बचा कर रखें। 10-15 मिनट तक चॉकलेट की पर्त को सेट होने दें।
11. चॉकलेट के ऊपर लगभग ½" मोटी क्रीम की परत फैलायें। पेपर कोन में बची हुई चॉकलेट भरें और क्रीम के ऊपर डिजाइन बनायें। क्रीम का बार्डर बनायें। वेफर स्टिक और कटी हुई स्ट्राबेरी से सजायें।

कैरेट एण्ड बनाना केक

व्यक्ति 16

150 ग्राम मैदा
¼ छोटा च. मीठा सोडा, 1½ छोटा च. बेकिंग पाउडर
2 छोटे च. दालचीनी पाउडर
4 अंडे, 150 ग्राम ब्राउन शुगर (1¼ कप)
¼ कप कटे हुये अखरोट, ¼ कप किशमिश
1½ कप कद्दूकस की हुई गाजर, 1 पका केला - मैश करें
1 कप तेल

1. 9" के केक टिन को तेल से चिकना करें या टिन के पेंदे पर पेपर लगायें और किनारों पर और पेंदे में तेल लगायें। ऑवन को 180°C/300°F पर प्री-हीट करें।
2. मैदा, बेकिंग पाउडर, मीठा सोडा और दालचीनी पाउडर एक साथ छानें।

3. किशमिश और अखरोट को ¼ कप मैदे के साथ मिलायें और अलग रखें।

4. अंडे की सफेदी और जर्दी अलग करें। अंडे की सफेदी में एक चुटकी नमक डाल कर गाढ़ा होने तक फेंटे। चीनी थोड़ा-थोड़ा करके डालें, हर बार अच्छे से फेंटें। एक बार में सारी चीनी न डालें।

5. एक बार में एक अंडे की जर्दी डालें। अच्छी तरह फेटें। दोनों जर्दी डाल दें।

6. तेल डालें और ½ मिनट तक फेटें।

7. थोड़ा-थोड़ा कर के मैदा डालें और बड़े लकड़ी के चम्मच से हल्के हाथों से मिलायें।

8. गाजर और केला डालें। हल्के से मिलायें। मैदे के साथ मिले हुए किशमिश अखरोट डालें और चम्मच से हल्के से मिलायें। तैयार किये हुये टिन में घोल डालें। 180°C/300°F पर प्री-हीट ॲवन में 50-60 मिनट तक बेक करें। चाकू या स्क्यूअर को केक के बीच में डालें, अगर साफ निकल आये, तो केक को ॲवन से निकालें।

9. केक ठंडा होने दें। रैक पर पलट दें। इसे सादा रहने दें या गाजर के कर्ल और कैरमलाइजड बनाना (केले) की स्लाइस से जैसा नीचे बताया गया है सजायें।

सजावट

2 लाल गाजर, ½ कप चीनी, ½ कप पानी
1 केला और 4 बड़े च. चीनी

(अ) गाजर के कर्ल के लिये, गाजर को छीलें और धोयें। लम्बे छीलने के लिये, लम्बाई में छीलते रहें। गाजर के बीच का सफेद भाग छोड़ दें। ½ कप पानी और ½ कप चीनी को चीनी घुलने तक गर्म करें। गाजर के रिबन डालें और 2-3 मिनट तक बिना तोड़े हुये चीनी में पकायें। गाजर थोड़े से पारदर्शी होने तक पकायें। ज़्यादा न पकायें। आँच से उतार दें और चाशनी में गाजर ठंडी होने दें। गाजर को चीनी की चाशनी से उठायें और उंगली से गाजर पर से ज़्यादा चाशनी हटा दें। केक पर गाजर रखें, जितना हो सके उतना रिबन को मोड़ दें।

(ब) केले के स्लाइस के लिए केले को तिरछे स्लाइस में काटें। एक छोटे नॉन स्टिक पैन में 4 बड़े च. चीनी गर्म करें। बिना चलायें पिघलायें। चीनी पिघलाने के लिये पैन को हिलाएं और हल्का सुनहरा होने तक केरेमलाइस करें। आँच से उतार दें। केरेमल में केले के स्लाइस रखें, हर तरफ परत लगाने के लिए एक काँटे से पलटें और केरेमल से उठा लें। इन स्लाइस को केक के बीच में रखें।

डेनिश एपल केक

इस केक को गर्म या ठंडे वनीला कस्टर्ड के साथ परोसा जा सकता है, जिसमें दालचीनी पाउडर छिड़का हो।

व्यक्ति 8

2 अंडे

75 ग्राम (¾ कप) मैदा, ½ छोटा च. बेकिंग पाउडर

एक चुटकी मीठा सोडा, ¾ छोटा च. दालचीनी पाउडर

75 ग्राम (¾ कप) पिसी चीनी

75 मिली (½ कप) तेल

1 छोटा च. वनिला ऐसेन्स

1 सेब - बीज निकालें और छिल्के के साथ छोटा काटें (1 कप)

¼ कप कटे हुए अखरोट

टॉपिंग के लिए

½ सेब - छिल्के के साथ स्लाइस काटें

1 बड़ा च. ब्राउन शुगर में ½ छोटा च. दालचीनी पाउडर और 1 छोटा च. पिघला हुआ मक्खन मिलायें

1. एक 8" चौकोर टिन मे तेल लगाएं।
2. मैदे को बेकिंग पाउडर, मीठा सोडा, और दालचीनी पाउडर के साथ छानें।
3. अंडे की सफेदी और अंडे की ज़र्दी को अलग करें। अंडे की सफेदी को एक चुटकी नमक और ऐसेंस के साथ गाढ़ा होने तक फेंटें। थोड़ा-थोड़ा करके चीनी डालें, और हर बार अच्छी तरह फेंटें।
4. अंडे की जर्दी को एक - एक करके डालें। अच्छी तरह फेंटें।
5. तेल डालें, और ½ मिनट तक फेंटें।
6. धीरे-धीरे मैदा डालें और एक बड़े लकड़ी के चम्मच से पलटते हुए हल्के से मिलाएं।
7. 1 कप सेब और कटे हुए अखरोट को घोल में मिलाएं।
8. तैयार किए हुए टिन में घोल को डालें।
9. बचे हुए सेब की स्लाइस को घोल पर बराबर से सजा दें और ब्राउन शुगर, मक्खन और दालचीनी का मिश्रण सेब के ऊपर डालें।
10. 180°C/300°F पर प्री-हीट किए ऑवन में 45 मिनट तक बेक करें। चाकू या स्क्यूअर को केक के बीच में डालें। अगर साफ बाहर आ जाए, तो ऑवन से हटा लें।
11. ठंडा होने दें। रैक पर उल्टा पलटें। परोसने के लिए पीस काटें।

ऑरेंज बेरी मफिन

बेक किए हुए मफिन में ब्लूबेरी जैम भरकर फिर उसे थोड़ा और बेक किया जाता है स्वादिष्ट मफिन के लिए एक सरल तरीका है। इस रेसिपी से 9 मफिन बनते हैं, अगर पैन में कपों की संख्या अधिक है तो खाली कपों में पानी भरने के बाद ही ऑवन में रखें।

व्यक्ति 9

175 ग्राम (1¾ कप) मैदा
1½ छोटा च. बेकिंग पाउडर, ¾ छोटा च. मीठा सोडा
½ कप से 1 बड़ा च. कम (60 ग्राम) नमक वाला मक्खन
2 बड़े च. बारीक कटे संतरे के छिलके, (orange rind)
¾ कप (100 ग्राम) पिसी चीनी
2 अंडे, 1/3 कप ऑरेंज स्क्वैश बिना पानी मिलाया हुआ
¼ कप ब्लू बैरी जैम टॉपिंग के लिए

1. मैदा, बेंकिग पाउडर और मीठा सोडा छानें।
2 संतरे के छिल्के का (चित्रानुसार) सफेद भाग निकाल दें और छिलके को बारीक धागों में काटें या अगर संतरा इतना कड़ा हो कि कद्दूकस किया जाये तो कद्दूकस करें। सफेद भाग छोड़ दें।
3. मक्खन, बारीक कटे संतरे के छिलके (orange rind) और चीनी को फूलने तक फेंटे। अंडे, एक के बाद एक डालें, अच्छी तरह मिलने तक फेंटे।
4. ऑरेंज स्क्वैश डालें और अच्छी तरह मिलाएं।
5. 2-3 बार में मैदा डालें। अच्छे से चम्मच से मिलाएं। गिरने वाला घोल बनायें। यदि आवश्यकता हो तो 1-2 बड़े च. दूध डालें।
6. एक माफिन पैन में पेपर कप लगाएं। पेपर कपों को चिकना करें।
7. चम्मच से मिश्रण को भरें, और कपों में मिश्रण बहुत ऊपर तक न भरें। 180°C पर 20 मिनट तक ऊपर उठने और हल्का सुनहरा होने तक बेक करें।
8. ऑवन से निकालें। मफिन में एक हल्का सा कटाव बनायें। तुरंत 1 छोटा च. ब्लूबेरी जैम डालें।
9. ट्रे को ऑवन में वापस रखें और 180°C पर 5 मिनट तक बेक करें, जब तक तैयार हो जाए। ट्रे में 2 मिनट तक ठंडा होने दें और फिर रैक पर रखें।

फिग एण्ड डेट रोल

व्यक्ति 8

2 अंडे, ¾ कप (100 ग्राम) पिसी चीनी, ½ कप (75 ग्राम) तेल
50 ग्राम बिना बीज वाले खजूर - काटें (1/3 कप)
50 ग्राम सूखे अंजीर - बारीक काटें (1/3 कप)
1 बड़ा च. रम (ऐच्छिक), 2 बड़े च. अखरोट - कटे हुए
85 ग्राम (1 कप से 1 बड़ा च. मैदा निकाल लें)
½ छोटा च. बेकिंग पाउडर, ½ छोटा च. मीठा सोडा

1. एक पैन में खजूर, अंजीर और 4 बड़े च. पानी मिलायें और 2 मिनट तक धीमी आँच पर पकने दें। मीठा सोडा मिलायें। ठंडा होने पर रम मिलायें। अलग रखें।
2. मैदा और बेकिंग पाउडर को एक बाउल में छानें। अखरोट, खजूर और अंजीर को मैदे में मिलायें।
3. अंडे और चीनी को अच्छी तरह फेंटकर फुलायें। धीरे-धीरे तेल डालें और तेल अंडों में अच्छी तरह मिल जाये जब तक फेंटते रहें।
4. मैदे में मिले हुए मेवों के मिश्रण को थोड़ा-थोड़ा कर अंडों में डालें और अंडो में अच्छी तरह से मिल जाने तक बड़े चम्मच से मिलायें।
5. तेल लगे हुये 4½" x 8½" आकार के लोफ टिन में या रोल टिन में डालें। 150°C/300°F पर प्री-हीट किए हुए ऑवन में 45-50 मिनट तक बेक करें। स्क्यूअर या चाकू को केक के बीच में डालें। अगर वह साफ निकल आये तो केक को ऑवन से निकाल लें। 10 मिनट तक इसे टिन में ही छोड़ दें। ठंडा होने के लिये वायर रैक पर निकालें।

कॉफी सिरप केक

व्यक्ति 10-12

3 अंडे, ½ कप तेल
150 ग्राम (1¼ कप) पिसी चीनी, 150 ग्राम (1½ कप) मैदा
1 छोटा च. बेकिंग पाउडर, ¼ कप कोको पाउडर
3 छोटे च. कॉफी पाउडर को 1 बड़े च. गर्म पानी में मिलाएं, 1 छोटा च. वनिला ऐसेन्स
1 कप टिन चैरी, 4 सूखी खुबानी

कॉफी सिरप

2 छोटे च. कॉफी पाउडर, ½ कप ब्राउन शुगर, ½ कप पानी

1. 8" के रिंग टिन में ब्रश से तेल लगाएं।
2. मैदा, बेकिंग पाउडर और कोको पाउडर को एक साथ छानें।
3. कॉफी और गर्म पानी को मिलाएं।
4. अंडे और चीनी को पीला और बहुत गाढ़ा होने तक फेंटे। कॉफी मिश्रण और ऐसेन्स डालकर मिलायें। धीरे-धीरे तेल डालें और चलाते रहें। अब बीटर हटा दें।
5. छने हुए मैदे का मिश्रण डालें और लकड़ी के चम्मच से हल्के से मिलाएं। मिश्रण को टिन में डालें।
6. 180°C पर प्री-हीट किए हुए अॅवन में 40 मिनट तक बेक करें। स्क्युअर या चाकू डालें। अगर वह साफ निकल आये तो केक को अॅवन से निकालें, 5 मिनट के बाद केक को वायर रैक पर निकाल दें।
7. कॉफी सिरप बनाने के लिये, सभी सामग्री को मिलायें, धीमी आँच पर बिना उबालें, चलायें, जब तक चीनी घुल जाये। एक उबाल लायें और गर्म केक के ऊपर डालें। बीच के खाली भाग को चेरी से भर दें और 4 खुबानी ऊपर रख दें। परोसें।

चॉको चिप बटरफ्लाई

व्यक्ति : 12

75 ग्राम (½ कप) बिना नमक वाला सफेद मक्खन, 1 छोटा च. वनिला ऐसेन्स
90 ग्राम (¾ कप) पिसी चीनी, 125 ग्राम (1¼ कप) मैदा, 1 छोटा च. बेकिंग पाउडर
75 मिली (1/3 कप) दूध, 1 अंडा, ¼ कप बारीक कटी हुई कुकिंग चॉकलेट

टॉपिंग

150 मिली (¾ कप) क्रीम, 2 बड़े च. आइसिंग शुगर, 2-3 लाल ग्लेस चेरी

1. मफिन कप को तेल लगाकर चिकना करें या पेपर कप लगायें और थोड़ा तेल लगायें।
2. मक्खन, एसेन्स, चीनी, मैदा, बेकिंग पाउडर, दूध और अंडे को बिजली के मिक्सर से धीमी गति से मिलायें। 2-3 मिनट मिश्रण को हल्का रंग होने तक मध्यम गति से फेंटे।

3. कटी हुई चॉकलेट डाल कर मिलाएं।
4. मिश्रण को मफिन कपों में डालें।
5. 180°C पर प्री-हीट किए ऑवन में 20 मिनट तक बेक करें। स्क्यूअर या चाकू केक के बीच में डालें। अगर केक से साफ निकल आये, तो केक को ऑवन से निकाल दें। ठंडा होने के लिये वायर रैक पर केक को निकालें।
6. अगर अमूल क्रीम टेट्रा पैक का इस्तेमाल कर रहे हो, तो उसे हिलायें नहीं। खोलें और पानी निकालें। गाढ़ी क्रीम और आइसिंग शुगर को उभार आने तक अच्छी तरह फेंटें। हर चेरी को 4-6 स्लाइस में काटें। क्रीम और चेरी को अलग रखें।

7. छोटे चाकू की नोंक का इस्तेमाल करते हुये, ठंडे केक के ऊपर से छोटा सा गोल टुकड़ा काट लें।
8. गोले को दो भागों में काट दें।
9. केक के छेद में एक चम्मच क्रीम डालें। थोड़ी सी क्रीम छेद के बाहर भी लगायें।
10. क्रीम के ऊपर केक के दो भागों में कटे गोल को थोड़ा उठाते हुए तितली की तरह रखें। तितली जैसा लगने के लिये बीच में चेरी लगा दें। परोसने तक फ्रिज में रखें।

पाइनएपल अलमण्ड टी लोफ

बिना अंडे का परफेक्ट लोफ केक, दिखने में भी आकर्षक ।

10-12 स्लाइस बनेंगे

4 स्लाइस टिन पाइनएपल - कटे हुए
125 ग्राम (1¼ कप) मैदा
¼ कप कॉर्नफ्लार
1 छोटा च. बेकिंग पाउडर
½ छोटा च. मीठा सोडा
10-15 बादाम - काटें
4 बड़े च. पिसी चीनी ½ छोटा च. पाइनएपल एसेन्स
½ टिन कंडेन्स मिल्क (मिल्क मेड)
½ कप तेल
एक बूँद पीला रंग, ½ कप पाइनएपल सिरप
8-10 बादाम - गर्म पानी में डाल कर निकालें और छीलें और टॉपिंग के लिये पतले स्लाइस काटें

1. 4½" x 8½" लोफ टिन के तले पर पेपर लगायें और साइड पर तेल लगाकर चिकना कर लें।
2. मैदा, कॉर्नफ्लार, मीठा सोडा और बेकिंग पाउडर को एक साथ छानें। कटे हुये बादाम डालें और मिलायें।
3. कन्डेन्स मिल्क को चीनी और एसेन्स के साथ इलैक्ट्रिक बीटर से अच्छी तरह फेंटें।
4. थोड़ा-थोड़ा कर के तेल डालें और मिलने तक फेंटें।
5. आधा मैदा और आधा पाइनएपल सीरप डालें। एक मिनट के लिये फेटें। बचा हुआ मैदा और बचा हुआ सिरप मिलायें। 2-3 मिनट तक अच्छी तरह दुबारा फेंटें। रंग डालें।
6. तैयार किये हुये टिन में डालें। बराबर करें। स्लाइस किये हुये बादाम ऊपर छिड़कें।
7. 150°C पर प्री-हीट किए हुए ॲवन में रखकर 40 मिनट तक बेक करें। स्क्यूअर या चाकू को केक के बीच से डालकर देखें, यदि साफ निकल आता है तो केक तैयार है। 10 मिनट तक टिन में रहने दें। ठंडा होने के लिये वायर रैक पर केक टिन से निकालकर पलट दें।

डबल चॉको फज केक

डार्क चॉकलेट फज केक को बेक करके, उसके ऊपर सफेद चॉकलेट की पर्त डालकर फ्रिज में सेट किया गया है। एक बार टॉपिंग के सेट हो जाने के बाद इसे हफ्ते भर या दस दिन तक रखा जा सकता है। अच्छे स्वाद के लिए कमरे के तापमान पर परोसना ठीक है,इसलिए परोसने के एक घंटा पहले फ्रिज से निकालें।

चित्र पेज न. 20-21 पर देखें

व्यक्ति 20

85 ग्राम सफेद मक्खन
200 ग्राम डार्क कुकिंग चॉकलेट - बारीक काटें
220 ग्राम पिसी चीनी, 3 अंडे, हल्का फेटें
100 ग्राम मैदा, ¼ कप कोको, ½ छोटा च. बेकिंग पाउडर

वाइट चॉकलेट फज

250 ग्राम वाइट चॉकलेट - बारीक काटें, 100 ग्राम गाढ़ी क्रीम (½ कप)
1½ बड़ा च. अमारेटो या ब्रान्डी

मार्बल चॉकलेट शार्ट और कर्ल

100 ग्राम डार्क कुकिंग चॉकलेट, 50 ग्राम वाईट कुकिंग चॉकलेट

1. 8" के गोल अलग हो जाने वाले (Loose bottom) ढीले पेंदे वाले केक टिन के तले में फॉयल लगायें। फॉयल को तेल से चिकना करें और टिन में रख दें। टिन के किनारों पर भी तेल लगायें। अलग रखें।
2. धीमी आँच पर एक गहरे सॉस पैन में मक्खन पिघलायें, चलाते हुये डार्क कुकिंग चॉकलेट डालें और धीमी आँच पर एक जैसा होने के लिए 1-2 मिनट चलायें। आँच से उतार दें। इसे पूरी तरह ठंडा होने दें।
3. धीरे-धीरे चीनी डालें। अच्छी तरह मिलायें। अंडे डालें, अच्छी तरह मिलायें। अगर चॉकलेट गर्म होगी, तो अंडे पकने शुरू हो जायगें।
4. मैदा, बेकिंग पाउडर और कोको एक साथ छानें। छना हुआ मैदा, बेकिंग पाउडर और कोको को, एक गाढ़ा घोल बनाने तक मिलायें। टिन के तले पर फैला दें।
5. 180°C पर प्री-हीट किए हुए अॅवन में 45 मिनट तक बेक करें। चेक करने के लिये स्क्यूअर डालें और यदि चाकू या स्कूअर साफ निकलता है तो आपका केक तैयार है। अॅवन से केक को निकालें। वायर रैक पर निकालकर इसे ठंडा होने दें।
6. वाइट चॉकलेट फज की पर्त के लिये, धीमी आँच पर एक भारी पेंदे वाले पैन में क्रीम गर्म करें। वाइट चॉकलेट डालें। 2-3 मिनट चॉकलेट के पिघलने तक चलाते हुये पकायें। ठंडा करें और ब्राण्डी डालें।
7. चॉकलेट केक जब पूरी तरह ठंडा हो जाये, तो वापस टिन में रख दें। वाइट चॉकलेट फज को डार्क चॉकलेट के ऊपर डालें। केक को कवर करने के लिए फैला दें। 4-5 घंटे सेट होने तक फ्रिज में रखें।

पृष्ठ नं. 20-21 पर दिये गये चित्र के अनुसार सजायें। परोसने से 1-2 घंटे पहले फ्रिज से निकाल लें। कमरे के तापमान पर पतले स्लाइस काटें, और परोसें।

सजावट

1. सजाने के लिये, 100 ग्राम डार्क कुकिंग चॉकलेट को डबल बॉयलर में पिघलायें (पृष्ठ 19 देखें) इसके लिए एक छोटे पतीले में 1" तक पानी भरकर गर्म करें। चॉकलेट को एक कटोरे या बाउल में रखें जो पतीले पर अच्छे से बैठ सके, लेकिन पानी को छुये नहीं । चॉकलेट को चलायें नहीं। जब तक चॉकलेट अपने आप नरम हो जाये, तब पिघलती हुई चॉकलेट को चला कर नरम पेस्ट बनायें।
2. आधे मिश्रण को एक साफ किचन स्लैब पर डालें और चाकू से 1/8" मोटाई में फैलायें। डार्क चॉकलेट को ठंडा होने के लिये छोड़ दें।
3. वाइट चॉकलेट को भी डबल बॉयलर में नरम करें या 1 मिनट तक माइक्रोवेव में रखें। पेस्ट बनने तक चम्मच से चलायें। पिघली हुई वाइट चॉकलेट को बची हुई डार्क चॉकलेट में डालें। मार्बल इफेक्ट लाने के लिये स्पैचुला से हल्के से मिलायें।
4. स्लैब पर इसे अलग से डालें और 1/8" मोटाई पाने तक फैलायें। ठंडा करें।
5. तेज चौड़ी धार वाले चाकू को ठंडी डार्क चॉकलेट की पर्त के ऊपर सीधा पकड़े, दबायें और चॉकलेट के ऊपर चलायें जिससे कर्ल निकलें।
6. बिल्कुल इसी तरह से मार्बल चॉकलेट की सेट की हुई परत से कर्ल बनायें। कुछ देर फ्रिज़र में रखें।
7. मार्बल चॉकलेट कर्ल केक के चारों तरफ डाल दें। बीच में डार्क चॉकलेट कर्ल को रखें।

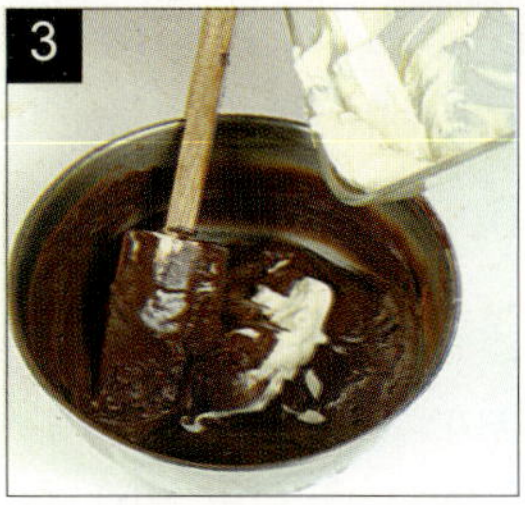

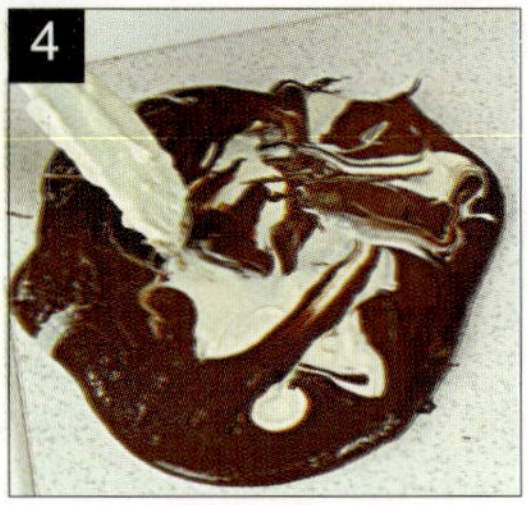

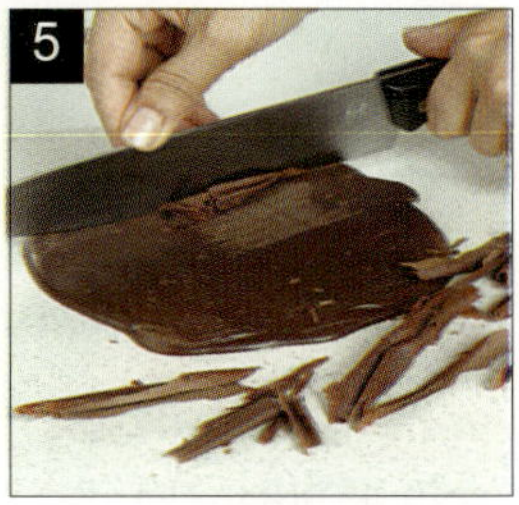

चॉकलेट लॉग

व्यक्तिः 16-20

½ रेसिपी (2 अंडो से बनाया हुआ) बिना फेट का स्पॉन्ज केक (वनिला फ्लेवर), जैसा पृष्ठ 88 में दिया गया है

चॉकलेट क्रीम आइसिंग

300 ग्राम (1½ कप) व्हीपिंग क्रीम या ताज़ी डेरी क्रीम

3-4 बड़े च. पिसी चीनी या स्वादानुसार, 3 बड़े च. कोको पाउडर

50 ग्राम चॉकलेट - छोटे टुकड़ों में काटें (½ कप) - पिघली हुई

चॉकलेट मिल्क भिगोने के लिये

½ कप दूध में 2 छोटे च. चीनी और 2 छोटे च. कोको पाउडर मिलायें

सजावट

चॉकलेट को बड़े और छोटे टुकड़ों में काटें

1. 9" x 11" के स्विस रोल टिन में पेपर लगायें और अच्छी तरह से तेल लगायें।
2. सभी सामग्री को आधी मात्रा में लेकर, 2 अंडो के साथ स्पान्ज केक का घोल तैयार करें। केक का घोल टिन में डालें और 180°C पर प्री-हीट किए हुए ॲवन में 15 मिनट तक बेक करें। जब बन जाये तो स्क्यूअर से चेक करें।

3. ॲवन से निकाल दें और पेपर के साथ टिन से आइसिंग शुगर लगी हुई सतह पर निकाल लें। पेपर वाली साइड को नीचे करके फिर तुरंत पलट दें।
4. चौड़ाई की तरफ से केक को मोड़ें। मोड़े हुये केक को उसी पेपर में लपेट दें। ठंडा होने के लिये छोड़ दें।

5. क्रीम आइसिंग के लिये, क्रीम और चीनी को अच्छी तरह फेंटें। चॉकलेट को डबल बॉयलर में पिघलायें और आँच से उतार दें। इसमें कोको पाउडर डालें और अच्छी तरह मिलायें। जब थोड़ी ठंडी हो जाये, फेंटी हुई क्रीम में डालें और सख्त होने तक फिर से फेंटें। रोल किये हुए केक को हल्के हाथों से खोलें। केक के ऊपर थोड़ी चॉकलेट क्रीम लगायें और फिर से गोल मोड़े।
6. रोल के सभी साइड को एक बड़े चम्मच से चॉकलेट मिल्क से भिगोयें।
7. ऊपर के टुकड़े के लिये केक की एक मोटी स्लाइस काटें और अलग रख्णें।
8. बची हुई चॉकलेट क्रीम को केक पर लगायें। जो स्लाइस अलग रखी गयी थी उस पर भी क्रीम लगायें। रोल पर स्लाइस को ऐसे कोण से रखें कि लॉग लगे। लॉग के चारों ओर काँटे से, चित्रानुसार निशान बनायें। बड़े और छोटे कटे हुये चॉकलेट के टुकड़ों को केक पर लगायें। परोसते समय तक फ्रिज में रखें।

ऑल टाइम
फेवरेट

मोका पेटिट फोर

मोका पेटिट फॉर को कॉफी, चॉकलेट और बटरस्कॉच के मिले-जुले फ्लेवर से मिलता है एक अलग अंदाज़

बनेंगे 20

1 स्पॉन्ज केक तेल के साथ बना हुआ, चॉकलेट फ्लेवर (पृष्ठ 89 देखें)

क्रीम आइसिंग

300 ग्राम (1½ कप) क्रीम

½ कप आइसिंग शुगर

2 छोटे च. बटर स्कॉच एसेन्स

कॉफी सिरप भिगोने के लिये

¾ कप पानी

¼ कप पिसी चीनी

2 छोटे च. कॉफी

1 छोटा च. बटर स्कॉच एसेन्स

अन्य सामग्री

100 ग्राम कुकिंग चॉकलेट - कमरे के तापमान पर

2 छोटे च. कॉफी पाउडर में 2 छोटे च. पानी मिलायें

1. 9"-10" साइज के एक बड़े चौकोर टिन में चॉकलेट स्पॉन्ज केक बनायें। जब ठंडा हो जाये तो सीधा दो भागों में काट दें। ढकें, अलग रखें।

2. चॉकलेट को कमरे के तापमान पर रखें (न ज़्यादा ठंडा न पिघला हुआ) जिससे बड़े कर्ल मिल जायें। चॉकलेट के स्लैब को पीलर से घिसें जिससे नरम कर्ल मिलें। पिलर को दबाकर कर्ल निकालें जिससे आपको उचित कर्ल प्राप्त हों 20 चॉकलेट कर्ल बनायें और फ्रीज़र में रखें जिससे कड़े हो जायें।
3. कटे हुये चॉकलेट के टुकड़े बाउल में 1 मिनट तक माइक्रोवेव करें। नरम होने तक रबर स्पैचुला से मिलायें।
4. आइसिंग के लिये, क्रीम को हल्की गाढ़ी होने तक फेंटे। आइसिंग शुगर और एसेन्स डालें। अच्छी तरह फेंटें। पिघली हुई चॉकलेट में 1 कप फेंटी हुई क्रीम डालें जिससे चॉकलेट क्रीम मिले। बची हुई क्रीम मे, पानी मिला हुआ 2 छोटे च. कॉफी डालें जिससे कॉफी क्रीम मिलें।
5. ¾ कप पानी, चीनी, कॉफी और एसेन्स मिलायें। केक की सबसे नीचे वाली पर्त को भिगोयें। चौको क्रीम लगायें। केक के दूसरे टुकड़े से ढकें। फिर हल्के से केक को भिगोयें। 2" के चौकोर टुकड़ो में केक काटें। कॉफी-क्रीम से हर टुकड़े को ढक दें।
6. सजाने के लिये, चॉकलेट कर्ल से टॉप करें।

ब्राउनी

हर उम्र के लोगों में बेहद लोकप्रिय! भोजन के बाद, थोड़ी-सी आइसक्रीम और थोड़ी चॉकलेट सॉस के साथ सर्व करने से यह बहुत ही बढ़िया लगती है।

बनेगीं 9

150 ग्राम सफेद मक्खन, 2 कप ब्राउन शुगर
3 अंडे, 1 छोटा च. वनिला एसेन्स, ¾ कप मैदा, ½ छोटा च. बेकिंग पाउडर
¾ कप कोको, ¾ कप अखरोट - छोटे टुकड़ों में कटे हुये या बेलन से दरदरा कूटें

1. धीमी आँच पर एक सॉस पैन में मक्खन पिघलायें। ब्राउन शुगर डालें। करछी से धीमी आँच पर लगभग 5 मिनट अच्छी तरह मिलने तक मिलायें। आँच से उतार दें और पूरी तरह से ठंडा होने दें।
2. ठंडे किये हुये मक्खन-चीनी के मिश्रण में एक अंडा डालें। करछी से अच्छी तरह मिलायें। दूसरा अंडा डालें और फिर से अच्छी तरह मिलायें। एसेन्स डालें।
3. मैदा, बेकिंग पाउडर और कोको एक साथ छानें।
4. ¼ कप अखरोट अलग रख कर, बाकी अखरोट को मैदे में मिला दें।
5. मैदे के मिश्रण को मक्खन-अंडे के मिश्रण में एक स्पैचुला या चम्मच से थोड़ा-थोड़ा डालकर मिलायें।
6. 8" चौकोर टिन में तेल लगायें। केक के मिश्रण को इसमें डालें जिससे मिश्रण की 1" मोटी पर्त मिले। बचे हुये अखरोट डालें। 160°C पर 30 मिनट या पक जाने तक बेक करें। पूरी तरह ठंडा करें। टिन से निकालें। चौकोर टुकड़ों में काटें। परोसें।

स्वर्ल रिंग केक

व्यक्ति 16

150 ग्राम (1½ कप) मैदा, 1½ छोटा च. बेकिंग पाउडर
150 ग्राम (1½ कप) पिसी चीनी, 4 अंडे, ¾ कप तेल, 2 छोटे च. वनिला एसेन्स
5 बड़े च. कैडबरी ड्रिंकिंग चॉकलेट पाउडर, ¼ कप गर्म पानी

1. 8" गोल टिन या रिंग टिन में तेल लगायें।
2. मैदा और बेकिंग पाउडर छानें।
3. अंडे अलग करें। अंडे की सफेदी को साफ सूखे बाउल में अच्छी तरह फेंटें। चीनी थोड़ी-थोड़ी करके डालें, गाढ़ा और वापस आकार लेने तक अच्छी तरह फेंटते रहें।
4. एसेन्स और जर्दी को मिलाएं और फेटें। तेल डालें फिर से गाढ़ा होने तक धीरे-धीरे फेंटते रहें।
5. लकड़ी या स्टील की चम्मच से थोड़ा-थोड़ा मैदा डालें। एक गाढ़े पेस्ट के लिये गर्म पानी में चॉकलेट पाउडर मिलायें।

6. केक के मिश्रण में चम्मच से ये चॉकलेट पेस्ट डालें और मार्बल इफेक्ट के लिये दूसरे चम्मच से धीरे-धीरे घुमायें। उसी चम्मच को मार्बलिंग के लिये इस्तेमाल न करें और न ही ज़्यादा मिलायें। वनिला और चॉकलेट के मिश्रण को मार्बल इफेक्ट के लिये अलग दिखना होगा।
7. मिश्रण को टिन में डालें और 160°C पर प्री-हीट किए ॲवन में 35-40 मिनट तक बेक करें।
8. स्क्यूअर या चाकू को केक के बीच में डालें, अगर ये साफ निकल आये तो टिन को ॲवन से हटा दें। 5 मिनट बाद केक को वायर रैक पर निकाल दें और ठंडा करें।

ऑरेंज मार्मलेड केक

व्यक्ति : 10

125 ग्राम (¾ कप + 1 बड़ा च.) सफेद मक्खन
1 बड़ा च. बारीक कटे संतरे के छिल्के (orange rind), 140 ग्राम (1¼ कप) पिसी चीनी
2 अंडे
1 छोटा च. वनिला एसेन्स, 1 छोटा च. ऑरेंज एसेन्स
2 बड़े च. ऑरेन्ज मार्मलेड
¼ कप टूटी-फ्रूटी
½ कप नारियल पाउडर
225 ग्राम (2¼ कप) मैदा, 2 छोटे च. बेकिंग पाउडर, ½ कप दूध

1. 4½"x 8½" लोफ टिन के तले पर पेपर लगायें और तले और किनारों पर तेल लगायें।
2. संतरे के छिल्के से सफेद भाग निकाल दें और छिलके को बारीक धागों में काटें या अगर संतरा इतना कड़ा हो कि कद्दूकस किया जाये तो कद्दूकस करें।

3. नरम मक्खन, संतरे का छिल्का और चीनी को इलेक्ट्रिक बीटर से अच्छी तरह फेंटें।
4. एक-एक करके अंडे डालें, मिलने तक फेंटें। एसेन्स और मार्मलेड डालें।
5. मैदा और बेकिंग पाउडर को एक साथ छानें। नारियल और टूटी-फ्रूटी को मैदे में मिलायें।
6. मैदे के मिश्रण का आधा भाग और दूध के आधे भाग को केक के मिश्रण में डालें। धीरे से मिलायें। बचा हुआ दूध और मैदा मिलायें।
7. तैयार किये हुये टिन में डालें। 180°C पर प्री-हीट किए हुए ऑवन में 50 मिनट तक बेक करें। केक के बीच मे स्क्यूअर या चाकू डालें। अगर साफ निकल आये तो ऑवन को केक से निकालें। 10 मिनट तक टिन में ही रहने दें। ठंडा होने के लिये वायर रैक पर रखें।
8. चीनी की डस्टिंग के लिये, कागज से 3 डायमंड के आकार काटें। केक पर टूथपिक से लगा दें जैसे दिखाया गया हे। 2-3 छोटे च. आइसिंग शुगर केक पर छानें। सावधानी से पेपर के आकार हटा दें। स्लाइस काटें और परोसें।

नोटः

आप पेपर से दिल के आकार भी काट सकते हैं और केक पर टूथपिक से लगा सकते हैं। अलग लुक के लिये कोको पाउडर छिड़कें।

साकर टोर्त

व्यक्ति : 16

150 ग्राम कुकिंग चॉकलेट - काटें
100 ग्राम सफेद मक्खन, 125 ग्राम पिसी चीनी - (1¼ कप), 5 अंडे - अलग करें
75 ग्राम मैदा, ¾ छोटा च. बेकिंग पाउडर, 2 बड़े च. कोको पाउडर
1 छोटा च. रम, 1 छोटा च. स्वीट अलमण्ड एसेन्स, 1 बड़ा च. पानी

टॉपिंग

75 ग्राम चीनी, 5 बड़े च. पानी, 125 ग्राम कुकिंग चाकलेट - कटी हुई, 1 बड़ा च. सफेद मक्खन

अन्य सामग्री

3 बड़े च. एप्रीकोट या अन्य कोई फ्रूट जैम, कुछ सिल्वर बॉल

1. 9" का गोल केक टिन में पेपर और तेल लगायें। 160°C पर ओवन को प्री-हीट करें।
2. डबल बायलर में चॉकलेट पिघलायें जैसे पृष्ठ 19 में दिया गया है। ठंडा होने के लिये अलग रख दें।
3. मैदा, कोको और बेकिंग पाउडर को छानें। अलग रखें।
4. अंडे की सफेदी को अच्छी तरह फेटें। अलग रखें।
5. मक्खन और चीनी को इलेक्ट्रिक बीटर से अच्छी तरह फेटें। चॉकलेट डालें और फिर से फेटें जिससे अच्छी तरह मिल जायें। चम्मच से अंडे की जर्दी को, एक-एक करके डालें। 1 छोटा च. एसेन्स, रम और 1 बड़ा च. पानी डालें।
6. छने हुये मैदे को थोड़ा-थोड़ा करके डालें और लकड़ी की चम्मच से मिलायें। फेंटी हुई सफेदी का एक भाग मिश्रण में डालें। बची हुई अंडे की सफेदी को तीन बार में थोड़ा-थोड़ा करके डालें।
7. तैयार किये हुये टिन में डालें और 50 मिनट तक बेक करें या स्कुअर डालकर देखें अगर स्कूअर साफ बाहर निकल आये तब तक बेक करें। 10 मिनट तक टिन में ही ठंडा होने दें, ठंडा होने पर वायर रैक पर बाहर निकाल लें।
8. केक के ठंडा होने पर उसे 4 पर्त में काटें। सबसे ऊपर वाली पर्त को वायर रैक पर रखें। 1 बड़ा च. जैम को पहली पर्त पर फैलायें। उस पर केक की दूसरी पर्त रखें, जैम फैलायें और इस तरह से केक की आखिरी परत तक दोहरायें।
9. टॉपिंग के लिये चीनी को पानी में घुलने के लिये उबालें। चॉकलेट डालें और आँच कम करें। एक मिनट के लिये चलायें। मक्खन डालें और मिश्रण में चमक लाने के लिये अच्छी तरह मिलायें। आँच से उतार दें। जब हल्की गर्म हो तो टॉपिंग को केक के ऊपर डालें। टॉपिंग को नीचे बहने दें। आइसिंग को न छुयें। ऊपर से केक अच्छे से ढक जाये इसके लिये केक को टेढ़ा कर दें। अगर जरूरत हो तो पैलेट नाइफ का इस्तेमाल करें। आइसिंग को सेट होने के लिए 1-2 घंटे के लिये फ्रिज में रख दें। पिघली हुई चॉकलेट से भरे हुये पेपर कोन से *"Sacher"* लिखें जैसे पृष्ठ 47 में दिखाया गया है। सिल्वर बॉल से सजायें।

Sacher

मैंगो क्रम्बल केक

फलों के राजा आम का स्वाद इस केक के घोल और क्रम्बल मिश्रण के बीच में लगाया गया है।

व्यक्तिः 16

2 आम - छोटे, पतले टुकड़ों में काटें
2 अंडे
2 छोटे च. वनिला एसेन्स
150 ग्राम (1¼ कप) पिसी चीनी
¾ कप तेल
200 ग्राम (2 कप) मैदा, 2 छोटे च. बेकिंग पाउडर, ¼ कप दूध
एक चुटकी पीला रंग

क्रम्बल टॉपिंग

75 ग्राम (¾ कप) मैदा
75 ग्राम (¾ कप) पिसी चीनी
60 ग्राम (1/3 कप) मक्खन
45 ग्राम (½ कप) नारियल पाउडर

1. 9" अंडाकार टिन, या अपनी पसंद का कोई दूसरे आकार के टिन पर तेल लगायें। नीचे पेपर लगायें।
2. अंडा, एसेन्स और चीनी अच्छी तरह फेटें।
3. तेल डालें और अच्छी तरह मिलायें।
4. मैदा और बेकिंग पाउडर एक साथ छानें।
5. मैदे और दूध को केक के मिश्रण में डालें और गाढ़ा घोल बनाने तक फेटें। रंग डालें।
6. तैयार किये हुये टिन में मिश्रण फैलायें।
7. क्रम्बल टॉपिंग के लिये, सभी सामग्री को मिक्सर में मिलायें, जब तक भुरभुरी हो जाये और अच्छी तरह से मिल जायें। ज़्यादा न चलायें।
8. आधे आम से केक के मिश्रण को टॉप करें, आधी क्रम्बल टॉपिंग को आम पर छिड़कें। बचे हुये आम और क्रम्बल टॉपिंग के साथ इसे दोहरायें।
9. 160°C पर प्री-हीट ऑवन में 1 घंटे के लिये बेक करें। चाकू या स्क्यूअर को केक के बीच में डालें। अगर वह साफ निकल जाये, तो टिन को ऑवन से निकाल लें। टिन में केक को ठंडा करें। फिर टिन से निकाल दें। आम की स्लाइस, पुदीना और चेरी से, आप चाहें तो सजायें।

मिडनाइट फैनटसी

ध्यान से निर्देशों का पालन करें और वाहवाही पायें। आपका केक एकदम बाज़ार जैसा बनेगा। सजावट में लगे आपके समय की पूरी कीमत की वसूली होगी। अगर आपको मेंहदी लगाने का अनुभव है तो चॉकलेट कॉलर बहुत बढ़िया बना लेंगे आप!

व्यक्ति : 16

1 मोका (चॉकलेट कॉफी) स्पान्ज केक तेल के साथ जैसा पृष्ठ 88 में दिया गया है
150 ग्राम डार्क कुकिंग चॉकलेट - कमरे के तापमान पर
75 ग्राम वाइट कुकिंग चॉकलेट - काटें
300 ग्राम क्रीम, ½ कप आइसिंग शुगर, 1 छोटा च. वनिला एसेन्स

सजाने के लिये

कुछ चॉकलेट थिन या नटीज़, रेडिमेड

भिगोने के लिये

1 कप पानी, ¼ कप चीनी, 2 छोटे च. कॉफी

1. चाकलेट स्लैब के साइड को पीलर से छीलें, जिससे 10-15 कर्ल मिले, जैसा पृष्ठ 41 निर्देश 2 में दिया गया है। ध्यान रहे कि चॉकलेट बहुत ठण्डी न हो। बाकी बची हुई चॉकलेट को काटें।
2. गाढ़ा होने तक क्रीम को फेंटें। आइसिंग शुगर और एसेन्स डालें और उभार आने तक अच्छी तरह फेंटें। 3 भाग में अलग करें। एक भाग को आइसिंग बैग में भरें। दूसरे भाग को भी सफेद टॉपिंग के लिये रखें। आखिरी भाग को चोको क्रीम में बदलेंगे जैसे अगले निर्देश में केक को बताया है।
3. 40 मिनट के लिए माइक्रोप्रूफ बाउल में कटी हुई चॉकलेट डालकर माइक्रोवेव करें। अच्छी तरह पिघलने के लिए चाकलेट को चलायें। पिघली हुई चॉकलेट का आधा भाग, फिंटी हुई क्रीम के आखिरी भाग में डालें जिससे चोको क्रीम तैयार होगी। बची हुई पिघली चॉकलेट कॉलर के लिये अलग रखें।
4. केक को तीन परतों में काटें। पानी, चीनी और कॉफी मिलायें और केक के एक भाग को 1/3 ब्लैक कॉफी से भिगोयें। चोको क्रीम का आधा भाग फैला दें। केक पर दूसरी परत भिगोकर रखें और चोको क्रीम लगायें। आखिरी परत रखें, फिर से भिगोयें। केक के ऊपर सफेद क्रीम फैला दें। कॉलर के लिये हल्के से क्रीम को साइड पर भी फैला दें। आइसिंग बैग में भरे हुये सफेद क्रीम के स्वर्ल का बाहरी बार्डर बना लें। केक पर एक दूसरा अंदर का बार्डर भी बनायें, जैसे दिखाया गया है।
5. कॉलर के लिये, केक की ऊचाई नापें। बटर पेपर की एक स्ट्रिप काटें जो केक को चारों तरफ से लपेटने लायक चौड़ी और लम्बी हो। पेन्सिल से उस पर एक डिज़ाइन बनायें। मुलायम करने के लिये सफेद चॉकलेट को 30 सेकेण्ड तक माइक्रोवेव करें। पृष्ठ नं. 19 पर दिए गये निर्देशों के अनुसार पेपर कोन

तैयार करें। पेपर स्ट्रिप पर बनाई हुई डिजाइन सफेद चोकलेट कोन से बनायें और 2 मिनट के लिये सेट होने के लिये छोड़ दें। अगर सफेद चॉकलेट कोन में पाइपिंग करते समय जम जाये, तो 5-7 सेकेण्ड सफेद चॉकलेट के पिघलने तक पेपर कोन को माइक्रोवेव करें।

6. 5-7 सेकेण्ड डार्क चॉकलेट को माइक्रोवेव में पिघलायें और जल्दी से एक पैलेट नाइफ से सफेद डिजाइन के ऊपर और पूरी स्ट्रिप के ऊपर डार्क चाकलेट फैलायें।

7. जल्दी से चाकलेट स्ट्रिप को केक पर ऐसे लपेटें कि चॉकलेट वाली तरफ अंदर को हो और केक पर लगी क्रीम के साथ हो। पेपर को अलग नहीं करें। 5 मिनट के लिये फ्रिज में रख दें। जब चॉकलेट जम जाये तो पेपर को कॉलर से छील दें।

8. बहुत सारे चॉकेलट कर्ल बीच में लगायें और बाहर के स्वर्ल पर थिन या नटीज़ सजायें।

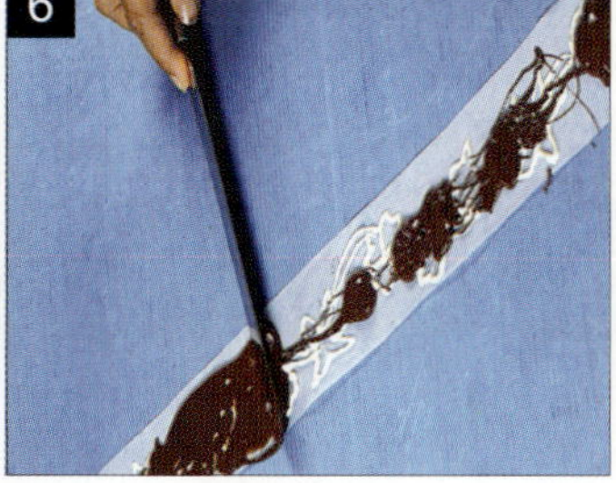

सेलिब्रशन
केक

ट्विन फ्लेवर केक

स्ट्रॉबरी और पाइनएपल के स्वाद लिए एक रसीला केक!
आप अपने मनचाहे फल भी डाल सकते हैं।

व्यक्ति : 16-20

4 अंडो का स्पान्ज केक, तेल के साथ (वनिला फ्लेवर) पृष्ठ 89 पर देखें - 8" गोल केक टिन में बेक करें
400 ग्राम क्रीम, ½ कप स्ट्रॉबेरी क्रश
½ कप पाइनेपल क्रश
गुलाबी और पीले रंग की कुछ बूदें, ऐच्छिक
1 कप पाइनएपल सीरप, 2 स्लाइस टिन पाइनएपल - पानी निकालें और काटें

सजावट

स्ट्राबेरी, ½ कप चीनी, ½ कप पानी

1

1. क्रीम को अच्छी तरह फेंटें, जब तक उसमें नुकीले उभार से बनने लगें।
2. क्रीम के 1/3 भाग में स्ट्रॉबेरी क्रश और गुलाबी रंग डालें। बाकी बची हुई क्रीम में पाइनेपल क्रश और पीला रंग मिलायें और गाढ़ी होने तक फेंटे। फ्रिज में रखें।
3. 4 बराबर पर्तों में केक को काटें, सबसे ऊपर वाली पर्त को प्लैटर पर रखें। ¼ कप पाइनेपल सिरप से भिगोयें।
4. आधे से थोड़ा कम गुलाबी क्रीम केक की पहली पर्त पर फैलायें। केक की दूसरी परत इसके ऊपर रखें। ¼ कप सिरप से भिगोयें। 1/3 पीली क्रीम को केक की दूसरी पर्त पर लगायें और कटे हुये पाइनएपल को क्रीम पर छिड़कें।
5. केक की तीसरी वाली पर्त को केक को ऊपर रखें। सिरप से फिर से भिगोयें।
6. पाइपिंग के लिए 1/3 कप स्ट्राबरी क्रीम रख कर बाकी बची हुई क्रीम केक पर लगा दें।
7. केक की आखिरी पर्त भी लगा दें फिर से भिगोयें।
8. केक को किनारे और ऊपर पूरी तरह से पाइनएपल क्रीम से ढक दें, ½ कप क्रीम पाइपिंग के लिये अलग रख दें। ठंडे पानी से भीगा हुआ एक चौड़े चाकू से ऊपर और किनारों पर लगी क्रीम को बराबर कर दें।
9. स्ट्राबेरी क्रीम और पाइनेपल क्रीम को केक के ऊपर स्टार और रिबन नोज़ल से पाइप करें जैसे चित्र में दिखाया गया है। (पृष्ठ 91 में देखें)।
10. स्टॉबेरी को धोएं और दो भागों में काटें। पानी गर्म करें। चीनी डालें और धीमी आँच पर पकायें जब तक चीनी घुल जाये। स्ट्राबेरी डालें और सिरप को लपेटने के लिये ध्यान से चलायें। सिरप को हटा दें। ठंडा करें। केक पर सजायें जैसे चित्र में है।

ब्लैक फॉरेस्ट केक

व्यक्ति : 16

1 चॉकलेट स्पॉन्ज ऑयल केक जैसा पृष्ठ 89 में दिया गया है
1 टिन चेरी, 1 बड़ा च. रम
100 ग्राम डार्क चॉकलेट - कर्ल के लिये

क्रीम आइसिंग

400 ग्राम क्रीम - ठंडी
पिसी चीनी स्वादानुसार, 1 छोटा च. वनिला एसेन्स

1. पीलर से, एक प्लेट पर चॉकलेट स्लैब को साइड से छीलना शुरू करें, दबा कर छीलें। चॉकलेट न ज़्यादा ठंडी और न ज़्यादा नरम हो। कर्ल को कड़ा होने के लिये आधे घंटे के लिये फ्रीज़र में रख दें।
2. छोटे कर्ल के लिये साइड से चॉकलेट कद्दूकस करें। एक प्लेट में कर्ल फैलाकर फ्रीजर में रख दें।
3. गाढ़ी होने तक और नोकदार उभार आने तक क्रीम को फेटें। एसेन्स डालें

और नोंकदार बनने तक अच्छी तरह ध्यान से फेटें। थोड़ी-सी आइसिंग बैग या गन में डाल कर फ्रिज में रखें। बाकी बची हुई क्रीम को फ्रिज में रखें।

4. 1 कप चेरी से बीज निकालें। रम या एसेन्स को 1 कप चेरी सिरप में डालें।

5. केक को चार परतों में काटें। सर्विंग प्लैटर पर केक की एक परत रखें। ¼ कप चेरी सिरप से भिगोयें। थोड़ी सी क्रीम आइसिंग को केक पर फैलायें।

6. क्रीम पर बीज निकाली हुई चेरी रखें। केक की दूसरी परत से इसे ढक दें।

7. ¼ कप सिरप से इसे फिर भिगोयें। क्रीम और केक की बची हुई पर्तों के साथ दोहरायें, 1½ कप क्रीम ऊपर और किनारों के लिये अलग रख दें। चारों ओर केक को क्रीम से ढक दें। ठंडे पानी में पैलेट नाइफ को डुबोकर ठंडा करें, और पैलेट नाइफ से क्रीम को लेवल करें।

8. आइसिंग गन से ऊपर और नीचे स्वर्ल बनाकर किनारों पर बार्डर बनायें।

9. स्वर्ल पर चेरी रखें। ऊपर बड़े चॉकलेट कर्ल रखें। छोटे कर्ल को किनारों पर चाकू से चिपका दें।

10. अगर आप चाहें, तो चॉकलेट का एक शार्ट बनायें जैसा ट्रूफल केक के लिये पृष्ठ 55 पर दिया गया है। इस शार्ट पर पेपर कोन में पिघली वाइट चॉकलेट से संदेश लिखें। फ्रिज में रखें।

चेरी वेलेनटाइन केक

व्यक्ति : 2

2 अंडो का दिल के आकार स्पॉन्ज केक
250 ग्राम क्रीम (Rich / heavy dairy cream)
1 छोटा च. स्ट्रॉबेरी एसेन्स, ¼ कप पिसी चीनी
1 टिन चेरी
3 बड़े च. जैम, थोड़ी सी सिल्वर बॉल

1. केक की आधी सामग्री से एक छोटे दिल के आकार का स्पांज केक बनायें। पृष्ठ 88 पर दिये गये केक के अनुसार बनायें। एसेन्स और चीनी को क्रीम के साथ गाढ़ा होने तक और नुकीले उभार आने तक अच्छी तरह फेंटे। कुछ आइसिंग बैग में भरे और फ्रिज में रखें।

2. केक को 3 पतली पर्तो में काटें। सर्विंग प्लेट पर एक परत रखें। 3-4 बड़े च. चेरी सिरप से भिगो दें। थोड़ी सी क्रीम लगायें। थोड़ी कटी हुई चेरी से टॉप करें। केक की दूसरी पर्त रखें और भिगोने, क्रीम और चेरी लगाने के क्रम को दोहरायें। केक के आखिरी टुकड़े को रखें। फिर से भिगोयें। क्रीम से केक को पूरी तरह ढक दें।

3. स्वर्ल या स्टार बार्डर से केक के किनारों पर पाइप करें। बार्डर के अंदर चेरी रखें, दिल के आकार का दूसरा स्टार बार्डर पाइप करें। बीच में चेरी लगायें। तले और ऊपर बार्डर के किनारे चेरी से सजायें।

4. जैम को 30 सेकेण्ड के लिये माइक्रोवेव में गर्म करें। चाय की छन्नी से छानें और पेपर कोन में भरे (पृष्ठ 19 देखें)। पतली सी टिप काटें और थोड़े स्वर्ल बनायें। सिल्वर बॉल सजायें।

वैलेनटाइन पार्टी केक

व्यक्ति : 10-12

दिल के आकार के साँचे में बना हुआ बेसिक स्पान्ज केक, पृष्ठ 88
300 ग्राम क्रीम, ½ कप आइसिंग शुगर या स्वादानुसार
1 छोटा च. स्ट्राबेरी एसेन्स, कुछ बुंदें गुलाबी रंग की
1 कप चीनी का सिरप (¼ कप चीनी को 1 कप पानी के साथ 2 मिनट तक उबालें और ठंडा करें)

जेली टॉपिंग

8-10 बादाम - गर्म पानी में भिगायें, छीलें और बारीक काटें
1 छोटा च. जिलेटिन, 2 बड़े च. पानी
¼ कप चीनी, ¼ कप पानी
1½ बड़ा च. कॉर्नफ्लॉर को 2 बड़े च. पानी में घोलें
½ छोटा च. स्ट्रॉबेरी एसेन्स, एक बूँद गुलाबी रंग
मारज़िपन गुलाब - जैसे अगले पृष्ठ पर बताया गया है

1. एक दिल के आकार के केक टिन में केक तैयार करें जैसे पृष्ठ 88 में दिया गया है।
2. क्रीम को चीनी और एसेन्स के साथ गाढ़ा होने तक अच्छी तरह फेंटें। आधी क्रीम को केक के अंदर इस्तेमाल करने के लिये गुलाबी रंग डालकर मिलायें।
3. केक की 3 पतली पर्त काटें। सर्विंग प्लेट पर एक पर्त रखें। भिगोने के लिये ¼ कप चीनी सिरप का इस्तेमाल करते हुये केक की परत को अच्छे से भिगोयें।
4. आधी गुलाबी क्रीम लगायें केक की दूसरी पर्त रखें और सीरप से भिगोयें। बची हुई गुलाबी क्रीम को लगायें और केक की दूसरी परत रखें। सीरप से भिगोयें।
5. सफेद क्रीम से टॉप करें। किनारों पर भी लगा दें। 10 मिनट के लिये फ्रीजर में रखें।
6. जैली टॉपिंग तैयार करने के लिये, एक छोटे बाउल में 2 बड़े च. पानी में जिलेटिन भिगोयें। एक छोटे पैन में ¼ कप पानी और ¼ कप चीनी एक साथ उबालें। 2 मिनट धीमी आँच पर पकायें। शुगर सिरप में कॉर्नफ्लार पेस्ट डालें और 2-3 मिनट धीमी आँच पर पकाएं तब तक गाढ़ा हो जाए और कॉर्नफ्लार की कच्ची खुशबू खत्म हो जाए। ऊपर दिये मिश्रण में भीगी हुई जिलेटिन डालें। अच्छी तरह मिलायें और धीमी आँच पर बिना उबाल लाये, ½ मिनट तक पकायें। आँच से उतार दें। ठंडा होने दें।

8

7. छिले और कटे बादाम डालें। मिलायें। एसेन्स डालें और गुलाबी रंग इतना डालें कि गहरा गुलाबी रंग मिले। टॉपिंग को कमरे के तापमान पर ठंडा होने दें। जमने न दें।
8. केक को ढकते हुये डालें। किनारों से बहने दें। मार्ज़िपान गुलाब और पत्तियों से सजायें। कुछ सिल्वर बॉल इधर-उधर छिड़कें।

मार्ज़िपान रोज़

रोज़ को बड़े और छोटे, अलग-अलग साइज़ में बनाएं। आप इन्हें पहले से बना कर हवाबंद डिब्बे में रख कर फ्रिज में रख सकते हैं। फलों और जानवरों के आकार भी बना सकते हैं।

8-10 बनेगें

50 ग्राम बादाम - गर्म पानी में डालें, छील कर निकालें और काटें
5 बड़े च. आइसिंग शुगर और 3 बड़े च. ब्रेकफास्ट शुगर या बहुत बारीक चीनी (चाहें तो 8 बड़े च. आइसिंग शुगर का ही इस्तेमाल करें।)
2-3 बूँद रोज़ एसेन्स, ऐच्छिक
गुलाबी और हरा फूड कलर

1. बादाम को 3-4 मिनट तक पानी में उबालें। छिल्का छीलें। दरदरा काटें और 2-3 घंटे तक सूखने दें। बादाम पीसें। बादाम के साथ अन्य सामगी मिलायें और 1-2 छोटे च. पानी से, गूँध कर आटा जैसा बनायें। अगर जरूरत हो तो और आइसिंग शुगर डालें। नरम आटा बनाने के लिये लगभग 6-8 मिनट तक एक चपटे सतह पर अपनी हथेली से अच्छी तरह गूँधें। बादाम थोड़ा अपना तेल भी छोड़ता है।
2. ¾ भाग को गुलाब के लिये गुलाबी रंग में और बाकी बचे हुये को गुलाब की पत्तों के लिये रंगें। गुलाब के लिये, आइसिंग शुगर छिड़की हुई एक सतह पर एक छोटी बॉल को बेलें। 2 टुकड़ों में काटें। उंगली से हर टुकड़े को ध्यान से हल्के से एक कोन में मोड़ें जिससे 2 केन्द्र मिलें।
3. अन्य गोले बेलें और दो भागों में काटें। कोन के केन्द्र के चारों तरफ पंखुड़ियों की तरह लपेट दें, कटा हुआ साइड केन्द्र के तले पर रखें और चिपकाने के लिये कोन के केन्द्र पर पंखुडी को दबा दें। याद रखें पंखुड़ी की ऊँचाई केन्द्र से हल्की सी ज़्यादा रखनी है। एक के ऊपर एक, अन्य पंखुड़ियों के साथ दोहरायें। पंखुड़ियों की कतार हल्की बड़ी बनाये जब तक जरूरत का आकार मिल जाये। चिपकाने के लिये जब आप पंखुड़ियों को केन्द्र से दबायें, सिर्फ तले से दबायें। पंखुड़ी का ऊपरी भाग स्वतन्त्र रखें। बड़ी पंखुड़ियों का ऊपरी सिरा कर्ल के लिये पीछे मोड़ दें। अगर गुलाब का बेस ज़्यादा हो तो उसे काट दें और फिर से इस्तेमाल करें।
4. पत्तियों के लिये, गोले बनायें और लंबे और नुकीले रोल का आकार दें। हथेली से चपटा कर के पत्ती बनायें और चाकू से नसें बनायें।
5. प्राकृतिक रूप देने के लिये पत्ती को थोड़ा मोड़ दें।

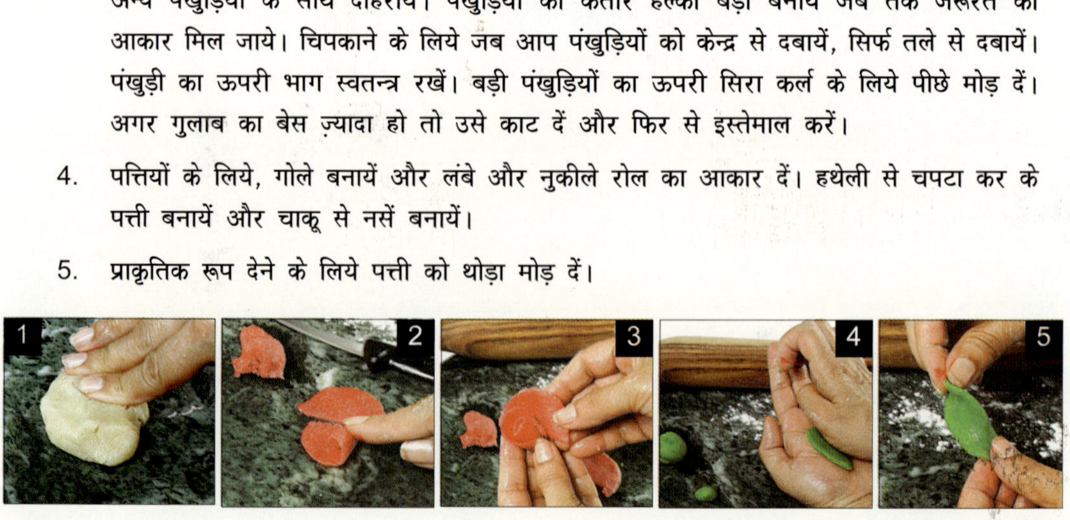

एल्फाबेट केक

अपने बच्चे के जन्मदिन पर यह केक बना कर उसके जन्मदिन को और स्पेशल बनाएं। अगर आपके बच्चे के नाम का पहला अक्षर किसी और अक्षर से शुरू होता है - तो केक को स्विस रोल टिन में बेक करें, और उससे अपना मनचाहा अक्षर काट लें।

व्यक्ति 16

1 स्पॉन्ज केक बिना फैट का (4 अंडो से बना हुआ) पृष्ठ 88 देखें
9" × 11" के स्विस रोल टिन के तले में बटर पेपर लगाकर पेपर को चिकना करें
½ कप मैंगो जूस में ¼ कप पानी मिलायें - केक को भिगोने के लिये

केक की परतों के बीच लगाने के लिए मैंगो क्रीम

½ कप क्रीम (Rich/heavy dairy cream)
और 2-3 बड़े च. मैंगो क्रश इतना फेंटे कि गाढ़ा हो जाये, पृष्ठ 16 देखे

टॉपिंग और पाइपिंग के लिये क्रीम

1 कप फेंटी हुई क्रीम (रिच की क्रीम) और कुछ बूँद पीला रंग - टॉपिंग के लिये गाढ़ा फेंटे, पृष्ठ 16 पर देखें
½ कप रिच की क्रीम को पाइपिंग के लिये नुकीले उभार बनने तक फेंटें, पृष्ठ 16 पर देखें

सजावट

पीले और गुलाबी शुगर पेस्ट फ्लॉवर, जैसा अगले पृष्ठ पर दिया गया है
पीली वर्मिसिली
गुलाबी, पीली, नारंगी और लाल जैली स्पाइरल
11" x 13" एक केक बोर्ड या मोटा कार्डबोर्ड फायल से ढकें

1. एक चाकू की मदद से केक को 'A' आकार में काटें। केक को दो पर्त में स्लाइस करें।
2. तैयार किये हुये बोर्ड पर नीचे वाली पर्त रखें। नीचे वाली पर्त को थोड़ा मैंगो जूस और पानी के मिश्रण से भिगोयें।
3. सबसे नीचे वाली पर्त पर मैंगो क्रीम लगायें।
4. मैंगो क्रीम की भरावन पर केक की ऊपर वाली पर्त रखें।
5. ऊपर वाली पर्त को बचे हुये मैंगो जूस और पानी के मिश्रण से भिगोयें।
6. अच्छी तरह फिंटी हुई पीले रंग की क्रीम को केक के चारो तरफ लगा दें (ऊपर और किनारों पर) ठंडे पानी में भीगे हुये चाकू से क्रीम को बराबर करें।
7. रंगीन शुगर वार्मिसिली छिड़कें।

8. स्टार नोजल वाले एक पाइपिंग बैग को फिट करें। इसमें अच्छी तरह फिटी हुई सफेद क्रीम भरें। ऊपर और नीचे केक के किनारों पर बार्डर पाइप करें।
9. शुगर पेस्ट फ्लॉवर और जेली स्पाइरल से केक को सजायें। परोसते समय तक फ्रिज में रखें।

शुगर पेस्ट फ्लॉवर

1. शुगर पेस्ट बनायें जैसा पृष्ठ 74 में दिया गया है। 3 भाग में बाँट लें। एक भाग गुलाबी, दूसरा पीला और एक थोड़ा छोटा हरा भाग जिससे पत्तियां बन जायें।
2. गुलाबी रंग का शुगर पेस्ट पतला बेलें।
3. तुरंत एक छोटे फ्लॉवर कटर या एक कुकी कटर से छोटे फूल काटें।
4. पीला पेस्ट भी बेलें और इसी तरह से काट लें, आकार गुलाबी वाले से थोड़ा बड़ा या छोटा रखें।
5. छोटा वाला ऊपर रखते हुये, थोड़ी सी अंडे की सफ़ेदी से दोनों फूल चिपकायें।
6. हरा पेस्ट भी इसी तरह से बेलें और लीफ कटर से पत्तियाँ काटें।
7. सूखने के लिये छोड़ दें।

रेसिंग ट्रैक न. 8

अपने बेटे की जन्मदिन पार्टी के लिए सचमुच शानदार केक। आपके बेटे को इस रेसिंग ट्रैक को अपने दोस्तों को दिखाने में खूब मज़ा आएगा।

व्यक्तिः 30-40

2 गोल 9" के केक, फैट रहित स्पॉन्ज, दोनों 4 अंडो वाली रेसिपी से बने हुए, पृष्ठ 88 देखें (वनिला या चॉकलेट फ्लेवर)
400 ग्राम क्रीम (Rich / heavy dairy cream)
½ कप आइसिंग शुगर या स्वादानुसार
2 बड़े च. कोको पाउडर
75 ग्राम कुकिंग चॉकलेट - काटें (¾ कप)
½ कप नारियल पाउडर + कुछ बूँद हरा रंग - एक बाउल में एक साथ मिलायें
½ कप नारियल पाउडर + कुछ बूँद नारंगी-लाल रंग - बाउल में एक साथ मिलायें
1 कप दूध + 1½ बड़ा च. चीनी - एक साथ मिलायें
4-5 डार्क चॉकलेट बिस्किट/कुकी - मैश करें
जैली, स्टोन और गम कैन्डी
3 या 4 छोटी रेसिंग कार
2 छोटे कागज के झंडे टूथपिक और गोंद के साथ रैपिंग पेपर से बनायें

केक बोर्ड (साइज़ चैक करें कि फ्रिज में पूरा आता है)

14"x14" कार्ड बोर्ड (आप पुराने कार्टन का इस्तेमाल कर सकते है)
ढकने के लिये फॉयल, चिपकाने के लिये जैम

1. आइसिंग शुगर के साथ क्रीम को अच्छी तरह फैंटकर नुकीले उभार बनने दें। 2 भाग में बाँट लें। डबल बॉयलर में 50 ग्राम चॉकलेट पिघलायें। डबल बॉयलर से हटायें और 2 बड़े च. कोको इसमें डालें। अच्छी तरह मिलायें। हल्का ठंडा करें और क्रीम के एक भाग में डालें जिससे चॉकलेट क्रीम मिले जिससे केक को सैंडविच करना है। एक भाग सफेद रखें।

2. दोनों केक को एक तरफ से थोड़ा-सा (चित्रानुसार) काट दें, जिससे दोनों को जोड़ कर न. 8 बन जाये।

3. हर केक को दो परतों में काटें। दोनों केक की एक-एक परत को एक साथ जोड़ कर रखें, जैसे चित्र में दिखाया गया है। दूध से भिगोयें। चॉकलेट क्रीम लगायें। बची हुई कटी चॉकलेट क्रीम के ऊपर छिड़कें। केक की ऊपर की पर्तों को क्रीम पर रखें, और दूध से भिगोयें।

4. अच्छी तरह फेंटी हुई सफेद क्रीम को ऊपर और किनारों पर लगायें।

क्रमशः...

5. केक के ऊपर रखकर 4" गोलाई की स्टील या प्लास्टिक कन्टेनर को दो छोटे गोले, दोनो केक के बीच बना लें। मैश कुकी को बनाये हुये गोले के चारो तरफ छिड़कें, बाहर की ओर जिससे ट्रैक बन जायें।

6. केक के किनारों को एक चाकू से नारंगी नारियल से ढक दें।

7. हरे रंग के नारियल अंदर को बनाये हुए सफेद क्रीम के गोले पर छिड़कें। जेली और कैंडी केक पर रख दें। कार को कुकी ट्रैक पर रखें। झंडों के लिये कागज से तिकोने काटें और टूथपिक पर गोंद से चिपका दें। जैसे दिखाया गया है वैसे झंडे लगायें।

8. बोर्ड के लिये, 2 बड़े च. जैम पिघलायें और फॉयल लगे हुये बोर्ड पर ब्रश कर दें। मैरी कुकी थोड़ी साइड में छिड़क दें और हरे नारियल से बोर्ड को आउटलाइन करें। स्टोन कैंडी इधर-उधर रख दें।

एनिवर्सरी टू टायर केक

व्यक्तिः 40-50

एक मोका स्पॉन्ज केक (फैट रहित) 6 अंडों का बना हुआ और 11" गोल टिन में बेक करें, याद रखें, स्पान्ज केक के लिये सभी सामग्री 1½ गुना होनी चाहिये

एक स्पॉन्ज केक (फैट रहित) 3 अंडो से बना हुआ और 5" गोल टिन में बेक करें, इसी तरह से 3 अंडों के केक के लिये मात्रा माप लें

क्रीम आइसिंग

4 कप (800 ग्राम) क्रीम (rich or heavy dairy cream) - अच्छी तरह फेटें

25 ग्राम (¼ कप कटी हुई) चॉकलेट - पिघलायें, 2 बड़े च. कोको, 1 छोटा च. कॉफी

शुगर सिरप

1 कप पानी में ½ कप चीनी डालकर 2 मिनट तक उबालें, 3 बड़े च. कोको, 1 छोटा च. कॉफी

सजावट

गुलाब जैसे पृष्ठ 75 में दिखाया गया है

गुलाबी और पीला प्लास्टिक रिबन के लूप जैसे बाद में बतलाया गया रंगीन शुगर वरमेसिली

1. पिघली हुई चॉकलेट में कोको और कॉफी को मिलायें। मोका क्रीम बनाने के लिये फेंटी हुई क्रीम का 1/3 भाग डालें। बची हुई सफेद क्रीम को टॉपिंग के लिये रख दें।
2. बड़े केक को दो पर्तों में काटें। नीचे वाली पर्त को बोर्ड पर रखें।
3. कोको और कॉफी को शुगर सिरप में डालें। नीचे वाली पर्त को शुगर सिरप से भिगो दें। आधे से ज़्यादा मोका क्रीम तले पर लगा दें। केक की ऊपर वाली पर्त को क्रीम की भरावन पर रखें। ऊपर वाली पर्त को शुगर सिरप से भिगोयें। केक के चारों तरफ सफेद क्रीम से अच्छे से कवर कर दें। ठंडे पानी में भीगी हुये पैलेट नाइफ से क्रीम को बराबर करें।
4. छोटे केक को दो पर्त में काटें। छोटे केक की नीचे वाली पर्त बड़े केक के ऊपर बीच में रख दें। उसी तरह से भिगोयें, मोका क्रीम लगायें, केक की दूसरी स्लाइस रखें। फिर से भिगोयें। छोटे केक के चारो तरफ भी सफेद क्रीम आइसिंग लगायें। ठंडे पानी में भीगी हुये पैलेट नाइफ से क्रीम को बराबर करें।
5. पाइपिंग बैग में स्टार नोजल फिट करें। अच्छी तरह फेंटी हुई सफेद क्रीम को उसमें भरें। दोनों केक के तले और किनारे पर चारों तरफ कौमा (,) की कतार पाइप करें।
6. बड़े केक पर 4 जगह 2 फूलों (एक पीला गुलाब, एक गुलाबी गुलाब) को पास-पास रखें। हर गुच्छे में रिबन लूप फिट करें। इसी तरह से बाकी 3 गुच्छों को भी रखें।
7. केक के ऊपर और पाइप किये हुये बार्डर पर सिल्वर बॉल छिड़कें। किनारे पर थोड़ी रंगीन वरमेसिलि ध्यान से छिड़कें।

शुगर पेस्ट

शुगर पेस्ट आइसिंग ने केक की सजावट को नया आयाम दिया है। इस्तेमाल में आसान, किसी भी आकार, रंग में ढाला जा सकता है। बनाते समय बेली हुई या गुंधी हुई शुगर पेस्ट हमेशा गीले कपड़े या क्लिंग रैप से ढक कर, डिब्बे में बंद करके रखें जिससे सूखे नही। यह बहुत जल्दी सूखती है। अगर पेस्ट सूख जाए तो उसे गूँधते रहें, जिससे नरम और लचीली हो जाए।

250 ग्राम आइसिंग शुगर (2 कप)
1 छोटा च. CMC (कार्बोक्सी मिथाइल सेल्यूलोस)
1 छोटा च. ग्लिसरीन
1 छोटा च. जिलेटिन, 3 बड़े च. पानी

1. 3 बड़े च. पानी में जिलेटिन 5 मिनट भिगोयें और फिर धीमी आँच पर पिघलायें या 15 सेकेण्ड माइक्रोवेव करें, जिससे जिलेटिन घुल जायें।
2. आइसिंग शुगर और CMC पाउडर को एक साथ छानें और ग्लिसरीन डालें। गर्म जिलेटिन मिश्रण को इसमें डालें। गूँध कर शुगर पेस्ट तैयार करें। अगर पेस्ट ढीली या ज़्यादा नरम हो, तो और आइसिंग शुगर डालें और 2-3 मिनट तक गूँध कर ठीक कर लें। मनचाहा रंग डालें।

शुगर पेस्ट से गुलाब बनाएं

1. शुगर पेस्ट को 2 बड़े और 1 छोटे भाग में बाँटें। रंग डालने के लिये टूथपिक का इस्तेमाल करते हुये बड़े भागों में कुछ बूँद डालें, गुलाबी और पीले रंग से एक-एक भाग को रंगे। फूल के नीचे के भाग के लिये छोटे भाग को हरे रंग से रंगे। शुगर पेस्ट को क्लिंग फिल्म में अच्छी तरह लपेटें और ढक्कन वाले डिब्बे में रख दें। इसे अच्छी तरह ढक दें।

2. एक मोटे चार्ट पेपर पर, एक छोटी और एक बड़ी गुलाब पंखुड़ी के नमुने का निशान बना लें। नमूनों को काट लें। पेपर पर नमूना काटने के लिये आप एक असली गुलाब की पंखुड़ी का इस्तेमाल भी कर सकते हैं। अलग रखें।

3. गुलाबी या पीली शुगर पेस्ट की थोड़ी मात्रा लें और मटर के आकार का गोला बनायें। किचन प्लेटफार्म पर कॉर्नफ्लार छिड़क दें। किचन प्लेटफार्म पर मिश्रण को उंगली से घुमाकर फूल का बीच भाग कोन जैसा बनायें।

4. हरी तार या टूथपिक को अंडे की सफेदी या पानी में डुबायें। तार को कोन के तलें में डाल दें, ये देख लें कि तार का सिरा कोन के ऊपरी सिरे तक गया है। कोन के तले को तार से अच्छी तरह चिपका दें।

5. शुगर पेस्ट की थोड़ी मात्रा लें और एक छोटा गोला बनायें। गोले को बेलन से बेलकर चपटा करें। छोटे गुलाब की पंखुड़ी के नमूने से एक पंखुड़ी काटें, जैसे नीचे निर्देश में दिया गया है। इन नमूनों का इस्तेमाल करते हुये, उन्हें बेले हुये शुगर पेस्ट पर रखें, और नमूने के किनारे से चारों तरफ से काट लें।

6. अपने बाँये हाथ की हथेली पर कॉर्नफ्लार छिड़कें। पंखुड़ी को अपने बाँये हाथ पर रखें। दूसरे हाथ से अंडे की सफेदी को पंखुड़ी के बीच के भाग पर लगायें। कोन के सिर के ऊपर कम से कम पंखुड़ी की 5 मि.मी. (¼ इंच) जगह छोड़ते हुये पंखुड़ी को चिपकाएं।

7. इस आकार की 2 पंखुड़ी और बनायें। दूसरी पंखुड़ी को इस तरह से रखें कि वह पहली पंखुड़ी के बीच से शुरू हो।

8. इसी तरह तीसरी पंखुड़ी रखें। थोड़ी बड़ी पंखुड़ी के नमूनों का इस्तेमाल करते हुये नीचे दिये गये निर्देश दोहरायें। अपनी उँगलियों से, थोड़ा बाहर की तरफ, पंखुड़ी के किनारों को मोड़ें। गुलाब की टूथपिक को एक सब्जी के टुकड़े जैसे गाजर या खीरे पर खोंस दें और एक घंटा सूखने के लिये छोड़ दें।

गुलाब के नीचे का हरा भाग (पुष्पकोश) बनाएं

1. हरे गोले में से अंगूर के आकार का एक गोला बनायें। किचन प्लेटफार्म पर कॉर्नफ्लार छिड़कें। मोटा रखते हुये, इसे 1½" गोलाई में चपटा करें। एक हैट का आकार देने के लिये बीच के भाग को उठाकर बाहर निकाल लें। पतला करने के लिये किनारे दबायें।
2. पुष्पकोश कटर को ऊपर रखें और काट कर बाहर निकालें। अगर आप के पास पुष्पकोश कटर नहीं है तो उसी तरह का एक पेपर का नमूना लें जिसके बीच में छेद हो, जो कि उठे हुये भाग में जा सकता है। एक तेज चाकू से काटें।
3. अंडे की सफेदी से अन्दर का बीच का भाग गीला करें और गुलाब की टूथपिक या तार सहित तैयार पुष्पकोश के बीच में डाल दें, उभरे हुये भाग को नीचे की तरफ रखें। पुष्पकोश को बनाने के लिये किनारे उठायें। किसी सब्जी जैसे गाजर या खीरे के टुकड़े में डाल कर, गुलाब को सूखने के लिये छोड़ दें।

रिबन कैसे लगाएं...

1. गुलाबी और पीले रंग के पतले प्लास्टिक के रिबन को 5" की लंबाई में बराबर काट लें।
2. प्रत्येक को लूप में मोड़े और दोनों सिरे को सेलो टेप से जोड़ दें।
3. 5 लूप एक साथ पकड़ें और सभी को नीचे से एक साथ जोड़ कर एक पंखा बनायें।
4. पंखो को गुलाब के फूलों के बीच में केक पर रख दें।

शुगर पेस्ट से लिली बनाएं

इन सादे से फूलों को बनाएं। फूल के बीच वाला भाग 'स्टेमन' (चित्र देखें) स्टेशनरी या गिफ्ट शॉप से मिल जाता है। अगर नही मिले तो फूलों के बीच में थोड़े से सिल्वर बॉल डालें। आप पंखुड़ियों को ब्रश से भी रंग सकते हैं।

1. कुछ लंबा, छोटा गोला बनायें। साइड को थोड़ा चपटा कर दें। सीधा पकड़ते हुए चाकू से चार भाग में काटें, परंतु नीचे से जुड़ा रहने दें।
2. कटे हुए चारों भागों के बीच में पेंसिल डालकर पंखड़ियों को सावधानी से अलग करें।
3. हर पंखुड़ी को चपटा करने के लिये उंगलियों से दबायें।

1

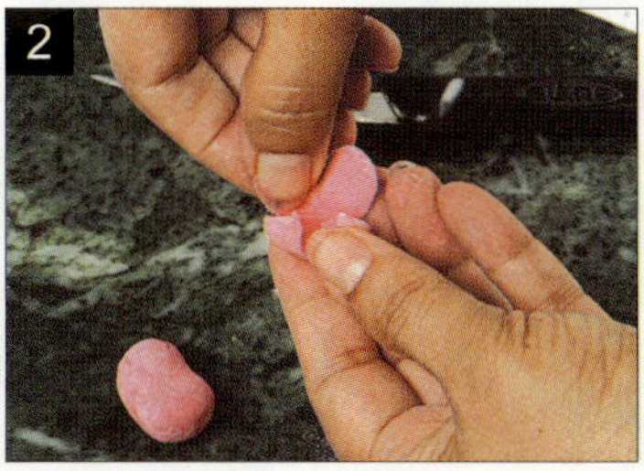
2

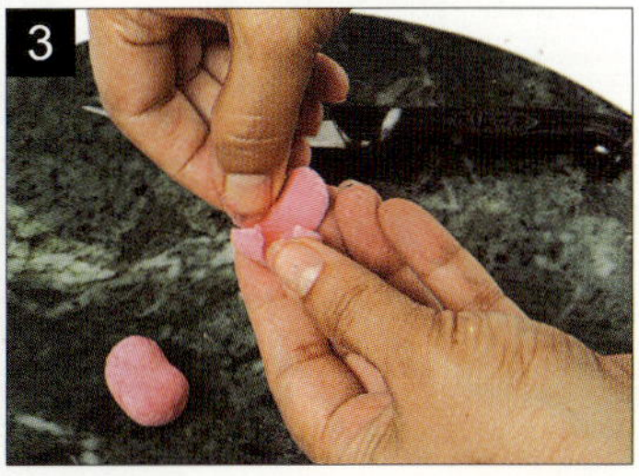
3

शुगर पेस्ट से कारनेशन बनाएं

यह चॉकलेट ट्रूफल केक या किसी दूसरी आइसिंग पर भी बहुत सुंदर लगता है। आप सफेद और गुलाबी गोलों से दोहरे रंग के कारनेशन भी बना सकते हैं।

1. रंगीन या सफेद शुगर पेस्ट के एक छोटे गोले को किचन प्लेटफार्म पर 3" गोल पतला बेलें। किचन प्लेटफार्म पर यदि बेली हुई पेस्ट चिपक जाती है तो उसके नीचे चाकू फेरकर पेस्ट को अलग करें। (चित्र नं. 1)
2. कूकी कटर से काटें जिससे सुंदर किनारे मिलें।
3. नीचे से दबाते हुए किनारों को पास लाएं। फूल को टूथपिक पर लगाएं। बड़े कटर से एक बड़ा गोला काटें। बीच में हल्के से गीला करें।
4. बड़े टुकड़े के बीच में से टूथपिक निकालें और पहले वाले के चारों तरफ कार्नेशन की पर्त के लिये हल्के से लपेटें।
5. सब्जी या फल के एक टुकड़े में डाल कर सूखने के लिये छोड़ दें।

बटरफ्लाई केक

9"-10" केक टिन में 4 अंडो का बना हुआ 1 स्पॉन्ज केक

400 ग्राम क्रीम - डेरी या रिच क्रीम

5-6 बड़े च. पिसी चीनी (अगर रिच क्रीम का इस्तेमाल कर रहे हो, तो चीनी की जरूरत नहीं है)

1 छोटा च. बटर स्कॉच एसेन्स या वनिला एसेन्स

1 कप चीनी का सिरप (¼ कप चीनी + 1 कप पानी - 2 मिनट तक एक साथ उबालें और ठंडा करें)

प्रलाइन

¼ कप चीनी, 10-12 बादाम - प्रत्येक को 2-3 टुकड़ों में तोड़ें

एक छोटा नॉन-स्टिक पैन, चिकना करने के लिए तेल

1. पृष्ठ 81 पर दिए निर्देशानुसार प्रलाइन बनायें, और एक हवाबंद डिब्बे में रखें।
2. क्रीम को चीनी के साथ अच्छी तरह फेंटे। एसेन्स डाले और नुकीले उभार आने तक फेंटे।
3. एक केक बोर्ड पर या ट्रे के पीछे अल्यूमिनियम फॉयल लगायें। ट्रे के पीछे फायल को जैम से चिपकायें।
4. केक को 2 पर्तो में काटें। नीचे वाले भाग को तैयार बोर्ड पर रखें। ½ कप शुगर सिरप से भिगोयें। अच्छे से क्रीम डालें और फैलायें। प्रलाइन को छिड़कें। केक का दूसरा भाग इस पर रखें। सिरप से फिर भिगोयें।
5. जैसे स्केच 2 में दिखाया गया है, चाकू से निशान बना लें। बीच से काटने के लिये निर्देश 3 का अनुसरण करें, कटे हुये टुकड़ों को बाहर की तरफ पलटने के लिये निर्देश 4 का अनुसरण करें और आखिरी में दोबारा काटने के लिये निर्देश 5 का अनुसरण करें। टुकड़ों को जोड़ें जैसे निर्देश 6 में दिया गया है।

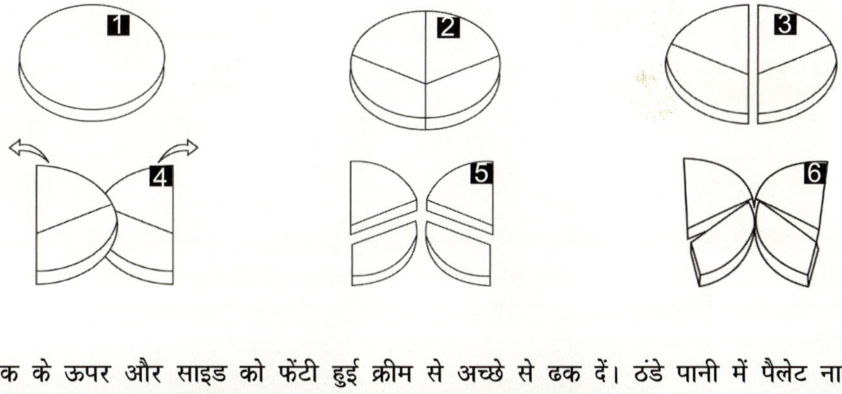

6. केक के ऊपर और साइड को फेंटी हुई क्रीम से अच्छे से ढक दें। ठंडे पानी में पैलेट नाइफ को डुबोकर केक पर लगी क्रीम को अच्छे से लेवल कर दें। क्रीम से ऊपर का बार्डर बनायें, जिससे जैली जगह पर टिकी रहें। 15-20 मिनट तक फ्रीज़र में ठंडा करें।

प्रलाइन पाउडर

प्रलाइन बनाने के लिये, किचन प्लेटफार्म को तेल से चिकना करें। नॉनस्टिक पैन में थोड़ी चीनी डालें। पैन के तले को ढकते हुये एक चपटी पर्त में फैलायें। मध्यम आँच पर 2-3 मिनट तक चीनी को बिना छुये रखें। जब चीनी सुनहरी होने लगे, आँच कम करें और किनारों से हल्के से एक बार चलायें। उसके हल्का सुनहरा होने और पिघलने तक इंतज़ार करें। बादाम डालें, मिलायें और तुरंत तेल लगे हुये प्लेटफॉर्म पर डालें। ठंडा करें। निकालें और बेलन से दरदरे पाउडर में कूटें। प्रलाइन अलग रखें।

तितली के लिये अन्य सामग्री

तितली के बीच के लिये शुगर पेस्ट जैसे पृष्ठ नं. 77 में दिया गया है

कुछ थाउज़ेंड हंड्रैड बॉल, 1-2 बड़ी स्वीट

टॉप जेली आइसिंग

4½ छोटे च. जिलेटिन, ¾ कप पानी

1/3 कप चीनी + 1½ कप पानी (सिरप के लिये)

पीला और गुलाबी रंग

½ छोटा च. लेमन एसेंस और ½ छोटा च. स्ट्रॉबेरी एसेन्स

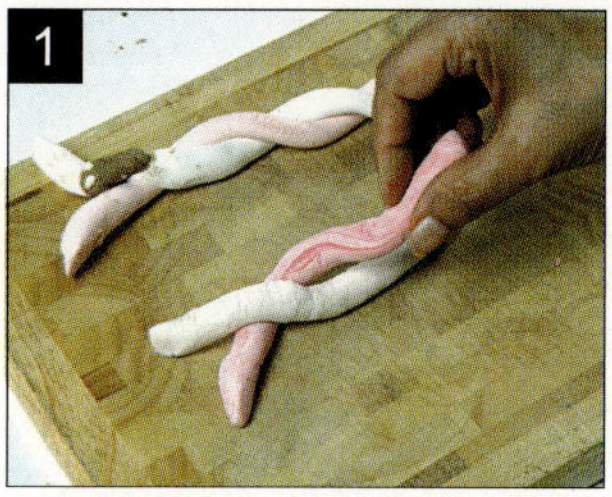

1. पृष्ठ 74 पर दिए अनुसार शुगर पेस्ट बनायें, सफेद या गुलाबी रंग में अलग करें या पूरे पेस्ट को गुलाबी रंग से रंगे। दो लंबी रस्सी बनायें और एक साथ गूंथ कर मोड़ें जिससे तितली का बीच वाला भाग मिले। इसे सूखने दें। तितली के बीच में लगायें।
2. टॉप जेली आइसिंग के लिये, ¾ कप पानी में जिलेटिन छिड़कें और 2-3 मिनट तक भिगोयें। धीमी आँच पर जिलेटिन घोलें।
3. चीनी के साथ पानी उबालें और धीमी आँच पर 2 मिनट तक पकायें। आँच से उतार दें। जिलेटिन के घोल को चीनी के सिरप में डालें।
4. 1¼ कप सिरप लें और पीले रंग और नींबू का एसेन्स इसमें मिलायें।
5. गुलाबी रंग और स्ट्रॉबेरी एसेन्स को बचे हुये सिरप में मिलायें और दोनों जैली को एल्यूमिनियम के बर्तन में 10-15 मिनट गाढ़ा होने तक फ्रीज़र में रखें।
6. जब जैली आधी जम जाये, अच्छी तरह मिलायें और जमी हुई जैली केक पर डालें। हंड्रेड थाउज़ेंड बॉल या जैम्स इत्यादि से सजायें। तैयार किया हुआ केक फ्रिज में रखें।

8

सी ऑफ वाइट चॉकलेट

व्यक्ति : 16

1 गुम्बद के आकार का स्पॉन्ज केक 4 अंडो से बना हुआ (रेसिपी जैसे पृष्ठ 88 में दी गई है, एक बड़े हीट प्रूफ, बोरोसिल या पाइरेक्स बाउल में तैयार करें)
300 ग्राम क्रीम, 3-4 बड़े च. आइसिंग शुगर (रिच की क्रीम में चीनी होती है)
2 बड़े च. नीला रंग या कुराको सिरप
3-4 नेस्ले वाइट चॉकलेट के छोटे स्लैब या 150 ग्राम कुकिंग वाइट चॉकलेट
2 मीठे पके हुये आलू बुखारे या बड़े अंगूर
बटर पेपर या सादा पेपर - पेपर कोन बनाने के लिए

शुगर सीरप

1 कप पानी, ¼ कप चीनी

1. शुगर सिरप के लिये, पानी और चीनी को उबालें। एक उबाल के बाद एक मिनट तक धीमी आँच पर रखें। इस्तेमाल करने से पहले ठंडा करें।
2. मध्यम गति से गाढ़ी होने तक क्रीम को फेटें। अगर चीनी का इस्तेमाल कर रहे हों तो, क्रीम बीट करते समय धीरे-धीरे चीनी भी डालते जायें। 3-4 बड़े च. चीनी का ही प्रयोग करें। गाढ़ी होकर नुकीले उभार आने तक अच्छी तरह फेंटें। चीनी चेक करें।
3. ¾ कप फेंटी हुई क्रीम आइसिंग गन में डालें। फ्रिज में रखें। बची हुई क्रीम में, नीला कुराको या रंग डालें, इतना कि हल्का नीला रंग आ जाये।
4. केक के ऊपरी ब्राउन भाग को ब्रेड नाइफ से बहुत पतला काटकर निकाल दें जिससे सूखा भाग हो तो निकल जाये। स्पॉन्ज को 3 परतों में काटें। सर्विंग प्लैटर पर केक का नीचे वाला भाग रखें। एक बड़े च. का इस्तेमाल करते हुये सिरप (1/3 कप) से अच्छे से भिगोयें। एक पैलेट नाइफ से 3-4 बड़े च. फेंटी हुई क्रीम को इसके ऊपर लगायें। वाइट चॉकलेट के 2-3 बड़े च. कद्दूकस करें। केक की दूसरी पर्त रखें। भिगोयें, क्रीम और वाइट चॉकलेट डालें। केक की आखिरी पर्त रखें। सिरप से भिगोयें। ऊपर और किनारे को क्रीम से अच्छी तरह ढकें।
5. चम्मच से नीली सिरप को घुमाते हुए टपकाएं। पैलेट नाइफ की सहायता से हल्के से फैलाएं जिससे समुद्र का इफेक्ट आ जाए। इसे ज़्यादा न मिलायें।
6. अंगूर को या 2 आलु बुखारों को लगभग नीचे तक स्लाइसों में काटें और दबा कर अलग करें जिससे पंखेनुमा बन जाए। इन्हें किनारों पर थोड़ी-थोड़ी दूरी पर लगाए, नेट के लिए जगह छोड़ते जाएं। थोड़ी सी कटी हुई सफेद चॉकलेट छिड़कें।
7. नेट और स्टिक बनाने के लिये, बची हुई चॉकलेट को छोटे टुकड़ों में काटें। एक कप में डालें। ½ कप पानी से भरे हुये बाउल में कप को रखें। चॉकलेट को वाटर बॉथ पर माइक्रोवेव में 1 मिनट के लिये रखें। माइक्रोवेव से हटा लें। एक सा होने तक अच्छी तरह चलायें। डबल बॉयलर में भी आप चॉकलेट पिघला सकते हैं।
8. बटर पेपर से एक कोन बनाये जैसा पृष्ठ 19 पर दिया गया है। पिघली हुई चॉकलेट को कोन में डालें। थोड़ी बड़ी टिप काटें। एक पेपर पर लंबी जिग जैग लाइन बनाये जिससे स्टिक और नेट मिले। 5 मिनट के लिये ठंडा करें। नेट को पेपर से निकालें और सख्त होने के लिये 1 घंटा फ्रीजर में रखें। नेट को केक के किनारे और स्टिक को केक के बीच में लगायें।

चौको ऑरेंज मूज़ केक

चॉकलेट और ऑरेन्ज के संगम के कारण इस क्रीमी मूज़ केक को देखते ही मुँह में पानी आ जाएगा।

व्यक्ति 16

4 अंडो का स्पॉन्ज केक पृष्ठ 88 में दिया गया है, 10"-11" अलग होने वाले तले के गोल टिन में बेक करें

मूज़

400 ग्राम क्रीम, (बेहतर होगी अमूल), 6 छोटे च. जिलेटिन, ¾ कप ऑरेंज जूस
¼ कप पिसी चीनी, या स्वादानुसार, 1 छोटा च. ऑरेन्ज एसेन्स
2 बड़े च. ऑरेन्ज क्रश या मारमलेड, कुछ बूँद नारंगी रंग
75 ग्राम कुकिंग चॉकलेट/बार्नविल चॉकलेट - काटें (¾ कप)

मूज़ केक के लिए

½ कप ऑरेंज जूस - लगभग, 1 संतरा, कुछ ताज़े अनार
कैरेमलाइज़्ड शुगर शार्ट जैसे पृष्ठ 86 पर दिया गया है

1. मूज़ बनाने के लिये, जिलेटिन को ऑरेंज जूस पर छिड़कें। 5 मिनट के लिये अलग रखें।
2. पृष्ठ 19 पर जैसे दिया गया है चॉकलेट को डबल बॉयलर में पिघलायें।
3. क्रीम फेंटे। नापी हुई मात्रा से 2 बड़े च. चीनी डालें और हल्की गाढ़ा होने तक फेंटे। बची हुई चीनी डालें और हल्के उभार आने तक फेंटें। एसेन्स डालें।
4. धीमी आँच पर जिलेटिन पिघलायें। उबालें नहीं। आँच से उतार दें।
5. थोड़ी क्रीम को जिलेटिन मिश्रण में डालें। इस मिश्रण को बची हुई क्रीम में बहुत धीरे-धीरे डालें, अच्छी तरह मिलायें। मिश्रण को दो भागों में बाँट दें।
6. क्रीम के एक भाग में पिघली हुई चॉकलेट डालें। चीनी चेक करें।
7. दूसरे भाग में, ऑरेंज मार्मलेड या क्रश डालें। रंग डालें।
8. केक को 2 गोल भागों में काटें, प्रत्येक परत की मोटाई 1" होनी चाहिए। एक स्पॉन्ज केक की परत को ढीले तले वाले टिन के तल में रखें। दबायें। ऑरेंज जूस हल्के से छिड़कें। ऑरेंज मूज़ मिश्रण भी डालें। स्पान्ज की दूसरी पर्त रखें। केक को जूस से भिगोयें। उसके ऊपर चॉकलेट का मिश्रण डालें। 1-2 घंटे या अच्छी तरह जमने तक फ्रीज़र में रखें। इस बीच कैरमलाइज़्ड शुगर शार्ट तैयार करें।
9. जब मूज़ सैट हो जाये, प्लैटर पर मूज़ केक को टिन से निकाल लें। फल और कैरमलाइज़ शुगर शार्ट से चित्रानुसार सजायें। संतरे और ताज़े अनार किनारों पर सजायें। शार्ट को बीच में और किनारों पर लगायें।

कैरमलाइज़ शार्ट और स्टिक

किसी भी केक, मीठे, यहाँ तक कि आइसक्रीम पर केरेमलाइज़्ड शॉर्ट खूब सुंदर दिखते हैं। इन्हें कूट कर आप प्रलाइन बना सकते हैं जो मीठे में कुरकुरापन लाने का काम करता है। बटरस्कॉच के फ्लेवर में अक्सर प्रलाइन मिला हुआ होता है। यहाँ हमने इन्हें चोको ऑरेन्ज मूज़ केक में इस्तेमाल किया है।

½ कप चीनी
थोड़े से तिल या 3-4 कटे हुये बादाम ऐच्छिक
एक छोटा चपटा फ्राई पैन, चिकना करने के लिये तेल

1. किचन के प्लेटफार्म को तेल से थोड़ा चिकना करें।
2. एक फ्राई पैन या नॉन स्टिक पैन में चीनी डालें। पैन के तले को ढकते हुये एक चपटी पर्त में चीनी को फैलायें। मध्यम आँच पर 2-3 मिनट तक चीनी को बिना छुये रखें। जब चीनी किनारों पर सुनहरी होने लगे आँच कम करें और किनारों से एक बार हल्के से चलायें। इसे हल्का सुनहरा होने तक इंतजार करें। इसे ज़्यादा सुनहरा नहीं होने दें।
3. तुरंत, चिकने प्लेटफार्म पर एक चम्मच से गिराते हुए पत्तियाँ और किसी भी आकार का बनायें। तुरंत ही गर्म मिश्रण पर तिल या बादाम बुरकें। फिर अगला बनायें।
4. शॉर्ट आप तिल या बादाम के साथ या बिना इनके भी बना सकते हैं। उन्हें ठंडा होने दें। प्लेटफॉर्म पर से ध्यान से निकालें।
5. आगे इस्तेमाल करने के लिये, एक टिफिन बॉक्स की तरह प्लास्टिक का डिब्बा लें, डिब्बे में फॉयल लगायें और हल्का सा तेल लगायें। बिना एक-दूसरे पर चढ़ाए, डिब्बे में लगायें। अगर कई शार्ट है तो, शार्ट की पहली पर्त के ऊपर तेल लगे हुये फायल रखें और शार्ट की दूसरी पर्त इस फॉयल पर रखें। इस डिब्बे को ठंडे सूखे स्थान पर रखें, पर कभी भी फ्रिज में नहीं रखें।

3

4

बेसिक केक और आइसिंग

1 कप मैदा	=	100 ग्राम
1 कप पिसी चीनी	=	120 ग्राम
1 कप चीनी	=	150 ग्राम
1 कप नरम मक्खन	=	150 ग्राम
1 कप तेल	=	150 ग्राम
1 कप क्रीम	=	200 ग्राम
1 कप जूस/शुगर सीरप	=	200 ग्राम

बेसिक स्पॉन्ज केक (बिना तेल के)

एक परफेक्ट स्पॉन्ज केक पाने के लिये सभी सामग्री को बड़े ही ध्यानपूर्वक तोलें।

व्यक्ति: 16

4 अंडे, 120 ग्राम पिसी चीनी
100 ग्राम मैदा, ½ छोटा च. बेकिंग पाउडर
2 छोटे च. वनिला एसेन्स, 2 बड़े च. गर्म पानी
9" गोल टिन, ब्राउन पेपर टिन में लगाने के लिये

1. 9" गोल टिन में पेपर लगा कर तैयार करें। पेपर को चिकना करें। अलग रखें।
2. मैदा और बेकिंग पाउडर एक साथ छानें और अलग रखें।
3. अंडे की सफेदी को एक साफ सूखे फेंटने वाले बर्तन में अलग रखें। अच्छी तरह फेंटे।
4. धीरे-धीरे चीनी डालें, सारी चीनी इस्तेमाल हो जाये और मिश्रण के गाढ़ा, फूला हुआ और बीटर से उठाने पर नोंक बनने तक फेटतें रहें। अंडे की ज़र्दी और एसेन्स डालें और गाढ़ा होने तक अच्छी तरह फेंटते रहें।
5. 2-3 बार में थोड़ा-थोड़ा मैदा अंडों के ऊपर छिड़कें। एक बड़े चम्मच से हल्के से मिलायें।
6. 2 बड़े च. गर्म पानी थोड़ा-थोड़ा डालकर मिलायें। तैयार किये हुये टिन में केक का मिश्रण डालें। हल्के से थपके और बराबर करें। 180°C पर प्रीहीट ऑवन पर 30 मिनट तक केक को वायर रैक पर रख कर बेक करें।
7. चेक करने के लिये, चाकू या स्क्यूअर को बीच में डालें। पकने पर केक ऑवन से निकालें। टिन में 5-10 मिनट के लिए छोड़ दें फिर केक को वायर रैक पर निकालें।

अन्य फ्लेवर...

फ्लेवर केक - मनचाहे फ्लेवर के लिए 2 छोटे च. स्ट्रॉबेरी, लेमन या ऑरेंज या बटरस्कॉच एसेन्स को 1 छोटा च. वनिला एसेन्स के साथ डालें।

चॉकलेट केक - ¼ कप कोको पाउडर डालें। ¼ कप मैदा कम करें। निर्देश 2 पर कोको पाउडर, मैदा और बेकिंग पाउडर को एक साथ छानें। निर्देश 3 से आगे बढ़ें, जैसे दिया गया है।

कॉफी केक - निर्देश 2 पर मैदे और बेकिंग पाउडर के साथ 2 छोटे च. कॉफी पाउडर छानें। निर्देश 3 से आगे बढ़ें जैसे दिया गया है।

मोका केक - 1 बड़ा च. कॉफी पाउडर और ¼ कप कोको डालें। ¼ कप मैदा कम करें। निर्देश 2 पर कोको, कॉफी, मैदा और बेकिंग पाउडर को छानें। निर्देश 3 से आगे बढ़ें, जैसे दिया गया है।

स्पॉन्ज केक (तेल के साथ)

व्यक्तिः 16

4 बड़े अंडे, 150 ग्राम (1½ कप) मैदा
120 ग्राम (1 कप) पिसी चीनी, ¾ कप तेल
1½ छोटा च. बेकिंग पाउडर, 2 छोटे च. वनिला एसेन्स

1. 8" गोल टिन में तेल लगायें। मैदे को हल्का छिड़कें, या टिन में पेपर लगायें और पेपर ओर किनारों पर थोड़ा सा तेल लगायें।
2. मैदा और बेकिंग पाउडर को एक साथ छानें।
3. अंडे अलग करें।
4. अंडे की सफेदी को एक साफ सूखे बाउल में अच्छी तरह फेंटे।
5. धीरे-धीरे चीनी डालें, गाढ़ा, फूला हुआ होने तक फेंटते रहें।
6. जर्दी और एसेन्स भी डालें और मिश्रण को गाढ़ा और फूला हुआ होने तक फेटें।
7. धीरे-धीरे तेल डालें, फिर से गाढ़ा होने तक फेंटते रहें।
8. एक लकड़ी या बड़े या स्टील के चम्मच से हल्के से मिलाते हुये, 2-3 बार में मैदा डालें और ध्यानपूर्वक मिलाएं।
9. मिश्रण को टिन में डालें और ऊपर से बराबर करें। टिन को हल्का सा थपथपायें जिससे कि कोई बड़ा हवा का बुलबुला न रहें। 180°C पर प्री-हीट किए ऑवन में 30 मिनट तक बेक करें।
10. चाकू या स्क्यूअर को केक के बीच में डालें, अगर साफ निकल आये, तो टिन को ऑवन से निकालकर हटा दें। 5 मिनट के बाद, केक को टिन से वायर रैक पर निकालें और ठंडा होने के लिये छोड़ दें।

अन्य फ्लेवर...

चॉकलेट केक - ½ कप कोको पाउडर डालें। ½ कप मैदा कम करें। निर्देश 2 पर कोको पाउडर, मैदा और बेकिंग पाउडर को छानें। निर्देश 3 से आगे बढ़ें, जैसा दिया गया है।

कॉफी केक - निर्देश 2 पर मैदा और बेकिंग पाउडर के साथ 2 छोटे च. कॉफी पाउडर के साथ छानें। निर्देश 3 से आगे बढ़ें, जैसा दिया गया है।

मोका केक - 1 बड़ा च. कॉफी पाउडर और 1/3 कप कोको पाउडर डालें। 1/3 कप मैदा कम करें। निर्देश 2 पर कोको पाउडर, कॉफी पाउडर, मैदा और बैकिंग पाउडर छानें। निर्देश 3 से आगे बढ़ें, जैसे दिया गया है।

बटर केक

4 बड़े अंडे
200 ग्राम नरम सफेद मक्खन
200 ग्राम पिसी चीनी, 200 ग्राम मैदा, 1½ छोटा च. बेकिंग पाउडर, 2 छोटे च. वनिला एसेन्स

1. 8" टिन में तेल लगा कर चिकना करें और पेपर को टिन में लगायें। पेपर और किनारों पर तेल लगायें।
2. अंडो को फेंटें। अंडे को अलग रखें। मैदा और बेकिंग पाउडर को एक साथ छानें।
3. एक बाउल में मक्खन, चीनी और ऐसेंस हल्का होने तक फेटें।
4. फेंटे हुये अंडे का आधा भाग और आधा मैदा, मक्खन और चीनी के मिश्रण में डालें। अच्छी तरह फेटें। बचे हुये अंडे और मैदे को भी मिलायें। फिर से अच्छी तरह फेटें। तैयार किये हुये टिन में मिश्रण डालें।
5. 150°C पर प्री-हीट किए ऑवन में 45 मिनट बेक करें। चाकू या स्क्यूअर को केक के बीच में डालें। अगर साफ निकल आये तो ऑवन से टिन निकालें। 5 मिनट के बाद केक को रैक पर निकालें और ठंडा करें।

एगलेस केक

½ टिन (200 ग्रा.) कन्डेंस्ड मिल्क (मिल्क मेड), 125 ग्राम (1¼ कप) मैदा, ¼ कप कॉर्नफ्लार
½ छोटा च. मीठा सोडा, 1 छोटा च. बेकिंग पाउडर
½ कप तेल, 4 बड़े च. पिसी चीनी, ½ कप दूध, लगभग
1½ छोटा च. वनिला एसेन्स, 7" गोलाई की बेकिंग टिन, नोट देखें,

1. कॉर्नफ्लार, मीठा सोडा, बेकिंग पाउडर और मैदा को एक साथ छानें। अलग रखें।
2. मिल्क मेड फेंटे। धीरे-धीरे चीनी डालें और फेटें जब तक फूला हुआ सा हो जाए। तेल डालें। अच्छी तरह फेटें।
3. मैदे का आधा भाग और दूध का आधा भाग डालें। अच्छी तरह फेंटे। एसेन्स डालें। बचा हुआ मैदा और दूध को थोड़ा-थोड़ा डालकर फेंटें। 3-4 मिनट तक मिश्रण को नरम और हल्का होने तक और जब तक रिबन की तरह गाढ़ा गिरने लायक होने तक अच्छी तरह फेंटे। तेल और पेपर लगे हुये गोल केक टिन में मिश्रण डालें। 150°C पर प्री-हीट किए ऑवन में 40 मिनट तक बेक करें।

नोटः *अगर आप रेसिपी को दुगना करें, तो 10"-11" गोलाई की बेकिंग टिन को चुने और 150°C पर 60 मिनट तक बेक करें।*

वैरियेशन

जैसे स्पॉन्ज केक (बिना तेल के) के लिये पृष्ठ 88

पाइपिंग डिज़ाइन

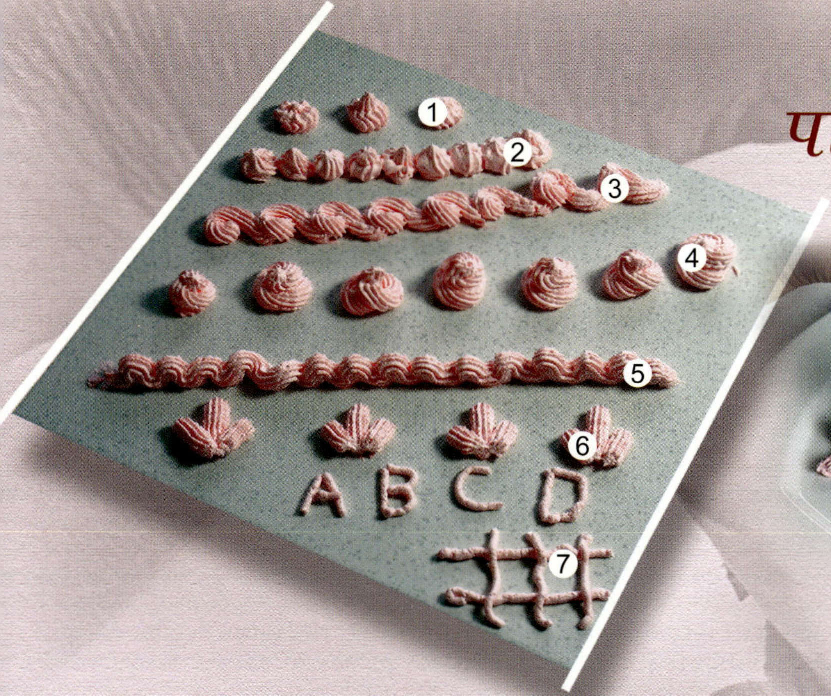

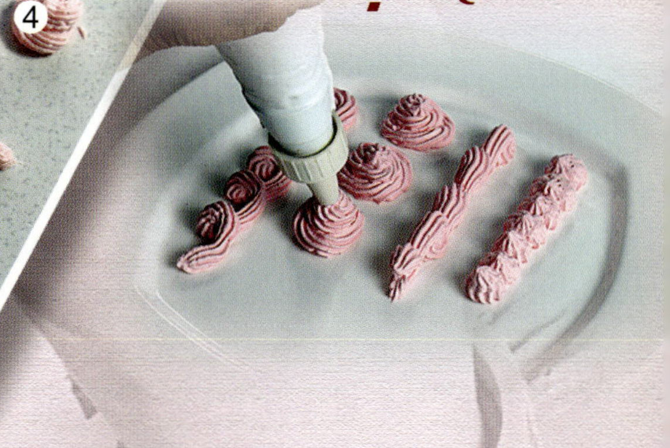

1. सिंपल स्टार

स्टार नोज़ल लगे हुये पाइपिंग बैग या गन को सीधा खड़ाकर पकड़ें और एक सिंपल स्टार बनाने के लिए नोज़ल को समान दवाब बनाकर दबायें। एक बार दबाकर एकदम दबाव छोड़ दें। अगर समान दवाब से नहीं दबायेंगे तो स्टार एक बराबर नहीं बनेंगे।

2. स्टार बार्डर

डिजाइन 1 की तरह स्टार के बीच में बिना जगह छोड़ते हुए बनायें। स्टार एक के बाद एक बनायें, जिससे बार्डर बन जाए।

3. कौमा बार्डर

स्टार नोज़ल से बिना जगह छोड़े हुये कौमा बनायें।

4. स्वर्ल

जैसे #1 में सिंपल स्टार के लिये, पर गोल घुमा कर दबायें, दबाना छोड़ दें और तेजी से उठा लें।

5. शेल बार्डर

स्टार नोज़ल लगे हुये बैग को 45° कोण पर पकड़ें, और थोड़ा दबाएं, दूसरी शैल बनाने के लिये पूँछ के सिरे पर दबायें। दोहराते जाएं।

6. शेल फ्लावर

बीच से खिंची शेल बनाये, फिर बायीं और दायीं ओर से एक छोटी मुड़ी हुई शेल बनायें, बायीं और दायीं पूँछ को बीच की पूँछ पर ऊपर रखते हुये।

7. सिंपल राइटिंग

एक सादा पाइपिंग नोज़ल या एक छोटे छेद वाले पेपर कोन का इस्तेमाल करें और क्रीम या पिघली चॉकलेट या जैम से ऐच्छिक संदेश लिखें।

डबल कलर आइसिंग

1. आइसिंग के लिये क्रीम को नुकीले उभार आने तक अच्छे से फेंट लें, जैसे पृष्ठ 16-17 पर दिया गया है। क्रीम की मात्रा को दो भागों में बाँट दें। क्रीम के आधे भाग में अपनी पसंद का रंग डालें। दूसरा आधा भाग को सफेद रहने दें।
2. पाइपिंग बैग में स्टार नोज़ल लगायें। बैग खोलें और एक हाथ में पकड़े। खुले बैग में एक तरफ से सफेद आइसिंग चम्मच से, ध्यान से बैग के एक तरफ डालें। बैग को सभी तरफ से गंदा न करें।
3. रंगीन आइसिंग को बैग की दूसरी तरफ चम्मच से डालें, ध्यान रहे कि दोनों आइसिंग एक साथ न मिल जायें। बैग को ½ या ¾ ही भरें।
4. बैग को ऊपर से एक या दो बार मोड़ें। अब बैग को धीरे से दबायें और केक के ऊपर जैसा चाहे वैसा बनायें - जैसे स्टार या लाइन। दोनों रंग नोज़ल से एक साथ निकलेगें और केक पर डबल कलर आइसिंग बनेगी।

बटर क्रीम

9" के गोल केक के लिए

125 ग्राम बिना नमक का सफेद मक्खन, नरम किया हुआ
250 ग्राम आइसिंग शुगर - छानें
2 बड़े च. उबलता पानी

1. इलेक्ट्रिक बीटर से अच्छी तरह मक्खन फेटें। धीरे-धीरे आइसिंग शुगर डालें, हर बार डालने के बाद अच्छी तरह फेटें।
2. पानी डालें और अच्छी तरह फेटें। पृष्ठ 17 पर क्रीम के लिये जो अन्य प्रकार के फ्लेवर दिये गये हैं, आप उन्हें बटर क्रीम के साथ भी कर सकती हैं।

चॉकलेट फ्रॉस्टिंग

60 ग्राम डार्क कुकिंग चॉकलेट - काटें, 185 ग्राम पिसी चीनी
1 अंडे की सफेदी, एक चुटकी - क्रीम ऑफ टार्टर

1. चॉकलेट को एक हीटप्रूफ बाउल में एक पैन के ऊपर रखें (बाउल का तला पानी में बैठने न दें) और पिघलने तक बीच-बीच में चलायें। पृष्ठ 19 देखें।
2. एक बड़े हीट प्रूफ बाउल में चीनी, अंडे की सफेदी और टार्टर की क्रीम को डालें और उसके ऊपर दूसरा पैन रखें। 6-8 मिनट या नरम उभार आने तक इलेक्ट्रिक बीटर से लगातार फेंटे।
3. आँच से उतार दें। पिघली हुई चॉकलेट डाल कर मिलायें। और पैलेट नाइफ से केक के ऊपर तुरंत लगा दें।

रॉयल आइसिंग

1 अंडे की सफेदी, 250 ग्राम आइसिंग शुगर - छानें
1 छोटा च. नींबू का रस, ¼ छोटा च. लेमन ऐसंस

1. अंडे की सफेदी को एक साफ और सूखे बाउल में अच्छी तरह फूल जाने तक फेंटे। थोड़ी-थोड़ी आइसिंग शुगर डालें, एक बार में 1 बड़ा च. ही डालें और साथ में लगातार फेंटते रहें।
2. जब सारी चीनी डाल दें, तब नींबू का रस डालें। चमकदार और एक सा होने तक फेंटे। बीटर ब्लेड उठा कर आइसिंग चेक करें।
3. जब इसमें नरम उभार से आ जायें तो केक के लिये तैयार है। जब स्पैचुला से बाउल में से उठाएंगे, तो उभार खड़ा होगा पर टिप से धीरे-धीरे नीचे गिरने लगेगा।
4. पाइपिंग बैग में भरकर केक के किनारों पर बार्डर बनाएँ।

नोटः

यह आइसिंग सूख कर कढ़क हो जाती है। इसे हमेशा अच्छी तरह ढ़क कर रखें।

ग्लेस आइसिंग

185 ग्राम आइसिंग शुगर
1 छोटा च. बिना नमक का नरम मक्खन
4-8 छोटे च. दूध या पानी, खाने वाला रंग

आइसिंग शुगर को बाउल में छानें और मक्खन डालें, चलायें और इतना पानी या दूध डालें जिससे कि गाढ़ा पेस्ट बन जाये। अगर आइसिंग को रंगीन बनान हो तो रंग मिलायें। यह गिरने लायक रहे, इसके लिए बाउल को गर्म पानी के ऊपर रखें या कुछ समय के लिए माइक्रोवेव करें। यह आइसिंग पतली ही ठीक रहती है। पतली होने पर तुरंत प्रयोग करें। गाढ़ी होकर क्रस्ट बनने से बचने के लिए तुरंत इस्तेमाल करें और जब गर्म रहे तभी केक के ऊपर डालें।

सिटरस आइसिंग - दूध की जगह नींबू का रस या ऑरेंज जूस का इस्तेमाल करें।

चॉकलेट आइसिंग - 4 छोटे च. छना हुआ कोको पाउडर डालें।

स्ट्रॉबेरी आइसिंग - थोड़ा खाने वाला गुलाबी रंग और स्ट्रॉबरी एसेन्स मिलायें।

पैशन फ्रूट आइसिंग - दूध की जगह पैशन फ्रूट पल्प का इस्तेमाल करें।

नीता मेहता की सर्वश्रेष्ठ हिन्दी पुस्तकें

ऑलटाइम स्नैक्स

बिरयानी और पुलाव

बेकिंग रेसिपी

बच्चों की टिफिन रेसिपी

केक और कुकीज़

ब्रेकफास्ट रेसिपी

पकायें मिनटों में

केक और चॉकलेट

अवॅन कुक-बुक - बिना अण्डे के

सात्विक खाना

साऊथ इण्डियन रेसिपी

पराँठा, अचार और चटनी

स्वादिष्ट और पौष्टिक बच्चों का खाना

वज़न घटायें

खूबसूरत दिखें

Nita Mehta

Super Value Offer

Subscribe NOW!

home & happiness

A NEW MAGAZINE from Nita Mehta on...

Health & Living • Recipes • Parenting • Fashion • Relationships • Travel & much more...

TERM: 1 Year

YOU GET: 4 Issues

COVER PRICE: ₹ 400/-

YOU PAY: ₹ 999/-

(Including Courier Charges for 4 Issues)

*FREE Subscription GIFT

Nita Mehta Best Selling Cookbooks **SET OF 6 BOOKS** worth ₹ 500/-

Indian Cooking with **OLIVE OIL Cookbook** worth ₹ 595/-

Leonardo **OLIEV OIL GIFT BOX** worth ₹ 1035/-

Total Value of **FREE GIFTS** ₹ 2130/-

*Offer valid till stocks last.

Send Money Order/DD in favour of 'Nita Mehta Media' or Buy online at:

nitamehta.com

FREE HOME DELIVERY

011 2325 0091
011 2325 2948

Nita Mehta Group of Companies

Publishing • Distribution • Cooking Institutes • Restaurants

NITA MEHTA COOK BOOKS — India's No.1 Cook Books

Nita Mehta STORY BOOKS

Nita Mehta Media

kelong